晴安寺流《せいあんじりゅう》便利屋帳《べんりやちょう》

天上天下、兄は独尊！の巻

晴安寺流便利屋帳 ❷

もくじ

序

今年初めての積雪となった、二月最初の日曜日。

現役女子高生にもかかわらず、上下ジャージにダウンジャケットを羽織り、足元にはゴム長靴を履いた女子力ゼロの格好で、安住美空《あずみみそら》は境内《けいだい》を白く覆った雪をかくのに奮闘していた。

こういう時、実家が寺だと大変だなと改めて思う。しかも裏方として寺を支えていた母が二年前に他界し、その後に住職の父が失踪しているのだから尚更だ。いくら寺の管理は前住職だった祖父の弟子に任せているとはいえ、美空にも寺の娘としての自覚と責任感はある。そのため休日をだらだら過ごしたい誘惑を押し殺し、起床してからかれこれ三十分弱、寒さにめげることなく雪かきに精を出しているのだ。

（それに引き替え……っ）

ふいに背後の自宅にいる兄の姿を思い出し、美空はぎりっと奥歯を嚙《か》み締めた。だが無駄な怒りにエネルギーを費やしている暇はないと、目の前の雪に意識を集中し直す。

美空の実家は「晴安寺《せいあんじ》」という名の寺だ。晴安寺は特にこれといった名物も見どころもない、とある地方都市に存在する普通の寺である。

　人によっては「地味でつまらない」と見向きもされない晴安寺だが、美空は確固たる愛着を持っている。それは生まれ育った場所であることに加え、平凡極まりない晴安寺に並々ならぬ親近感を抱いているためだ。というのも美空自身、まとまりのないクセ毛以外、特にこれといった特徴もない「十人並み」の容姿をしているからである。

（それに比べて……っ）

　再び兄の姿が脳裏に浮かび、美空は力強く両足を踏みしめた。湧き上がる怒りをパワーに、スコップに載せた雪を勢いよく放り投げる。不格好に飛んだ雪の塊《かたまり》は鈍い音をたて、境内の片隅に積み上がった。

「いい加減、疲れてきた……」

　ザクッとスコップを地面に差し、美空は柄にあごを載せた。寺としては一般的で、決して広くはない境内だが、さすがに一人で雪かきを完遂するのは骨が折れる。

　一度家に戻り、休憩しようか。温かな室内に想いを馳せた時、何かが美空の後頭部にクリーンヒットした。

「痛っ」

　顔をしかめると、それはポトリと足元に落ちる。何かと拾い上げてみれば、まだ温かいカイロだ。

「あ、やっと動いた」

軽やかに雪を踏む足音と共に、のん気な声が美空の耳に届く。

「さっきから固まって微動だにしないから、凍りついたのかと思って心配したよ」

笑いを含んだ言葉に、美空は強くカイロを握り締めた。心配ではなく、バカにされたとしか思えない。

「あのねえっ」

文句と一緒にカイロを投げ返そうと、美空は右手を上げて振り返った。だが目の前に立つ兄、貴海《たかみ》の姿を見た直後、唖然として動きが止まる。

「……何、その格好」

行き場を失った右手が落ち、代わりに力ない疑問が口をついた。なにしろ貴海は寺の境内には不釣り合いな、やたらにオシャレなスキーウェアを着ているのだ。

「うん。これは去年のクリスマスに岡田《おかだ》家の由利《ゆり》さんにもらった。なかなか着る機会がなかったけど、ようやく日の目を見たんだよ」

両手を広げ、貴海は満足げに語る。美空は顔を引きつらせた。嫌な予感はしていたが、やはり檀家の女性ファンによる貢物《みつぎもの》か。

ごく普通な寺の、ごく一般的な住人である安住一家の中で、唯一異質なのが貴海だ。世間の平均値を遥かに上回る整った容姿に、柔らかな物腰が相乗効果を生み出し、檀家の女性陣を始めとして貴海のファンは数多い。そしてファンからプレゼントという名の貢物をもらうのは日常茶飯事で、誕生日とクリスマス以外に贈り物をもらうことのない美空としては、少しは自重して慎ましい生活を送れと声を大にして言いたい。

「さすがジルヴァラのウェアは、雪の中でも快適だね」

あっさりと有名ブランド名を告げた貴海は、鼻歌交じりで本堂の手すりに載った雪を取り、宙に撒《ま》いた。茶色に近い髪がさらりと揺れ、きらきらと舞い散る白雪に端整な顔立ちと、細身のシルエットがよく映える。どこぞのスキー用品またはゲレンデのCMを見ているような気分になり、美空は遠い目をした。

（なんだろう……すごく虚《むな》しい……）

片やジャージにゴム長靴で、雪かきに奮闘する「十人並み」な容姿の妹。片や高級スキーウェアに身をつつみ、雪すら自身を引き立てる小道具にしてしまう「完全無欠」な容姿の兄。同じ両親から生まれ、共に平凡な晴安寺で育ったにもかかわらず、なぜこれだけの差が存在するのだろうか。

「それにしても美空、張り切っていたわりに、あまりはかどっていないね」

心無い貴海の指摘に、美空は現実に立ち戻った。忘却していた怒りが再燃し、美空はカイロをジャージのポケットに乱暴に突っ込んだ。

「私は精一杯の全力で、朝から雪かきをしてるわよ。ご飯を食べた後、家でごろごろしていた兄さんには何も言われたくない」

「失礼だなあ。僕だって、単にごろごろしていたわけじゃないよ。ちゃんとその間に、便利屋の依頼をゲットしているんだから」

胸を張る貴海を、美空は冷めた目で見やった。貴海は晴安寺住職の息子であるにもかかわらず、寺を継がずに職を転々とした結果、自らの意志で便利屋になったのだ。しかも高校一年生の美空から見れば、二十六歳の成人男性である貴海が勤労に精を出すのは当然のことで、依頼を一つや二つ取ったからといって、いちいち偉そうにしないでほしい。

「というわけでこの後に便利屋の仕事が控えているし、こっちはさっさと済ませるよ」

ぱんと両手を打ち鳴らし、貴海は美空の手からスコップを奪い取る。雪かきを手伝うのかと思いきや、貴海は積み上がった雪の前に移動すると、それをスコップで固め始めた。

「もしかして、雪だるまでも作る気？」

何らかの意図をもって、雪を一か所に集めて固める貴海に、美空は呆《あき》れて声をかけた。手を止めることなく貴海は答える。

「はずれ。作るのはかまくらだよ」

「は？」

美空は思わず問い返した。

「かまくらって、よく雪国で見る、あの雪を積み上げて穴を開けた？」

「正解。かまくらの中で熱々のおしるこを食べるのが、やっぱり雪の日の一般的な楽しみ方だからね」

「一般的っていうより、単に兄さんの楽しみ方でしょ……」

偏《かたよ》った個人的な意見に美空はげんなりした。しかも食い意地の張った貴海にとって重要なのは、かまくら作りより、中で食べるおしるこに他ならない。

「そもそもかまくらを作るには、雪の量が足りないわよ。しかも大人が入れるかまくらなんて絶対に無理」

「簡単に諦めるのはよくないな。もし勤めて精進すれば、すなわち事として難《かた》きものなし。何事も途中で挫折することなく、こつこつ努力し続ければ、成し遂げられないものはないんだよ」

手を止めた貴海は、本堂を背に笑顔で語る。仏教の言葉を引用し、何やら良いことを話しているように聞こえるが、その根底にあるのはおしるこに対する単なる食い意地でしかない。

「それに僕が何のために、朝から便利屋の仕事をゲットしたと思っているのさ。全てはかまくらを作る雪の調達のために決まっているだろ？」

「まさかと思うけど」

言いようのない不安にさいなまれ、美空は口を開いた。

「今日の便利屋の仕事って」

「雪かき」

美空の言葉を受け、貴海はあっさりと答える。

「かまくらの材料と依頼料。両方手に入るなんて、まさに一石二鳥だよなあ」

満面の笑みを見せる貴海に、美空は怒りを覚えた。仕事で他家の雪かきをする前に、実家の寺が先ではないだろうか。

「じゃあ美空、あと十分くらいで出るからね。くれぐれも遅れないように」

「ちょっと！」

スコップを押し付けられ、美空は声を荒らげた。

「遅れないようにって、私も一緒に行くの？」

「もちろん。だって美空は便利屋アルバイトだし、僕には体力仕事は向かないからね」

何を今更と、貴海は肩をすくめる。

「雪かきの依頼が済んだら、その雪をここに運んで、かまくらを完成させるよ。僕はメインのおしるこを調達しないといけないし、美空も今日は忙しくなるなあ」

軽く美空の肩を叩くと、貴海は踵《きびす》を返し、てくてくと自宅へと戻ってしまう。この上なく楽しそうな背中を見据え、美空はギリギリとスコップの柄を握り締めた。

（……要するに）

依頼の雪かきに、かまくら作り。さらにその間に生じるであろう諸々の面倒事は全て、間違いなく美空に押し付けられる。対して貴海がするのはおしるこの調達だけで、完全においしくて楽なとこ取りだ。

一つ大きく息をつき、美空は雪山に向き直った。頬《ほお》を撫でる冷たい風とは裏腹に、一気に背筋を熱が駆け上がる。

「やってられるかあっ！」

美空は絶叫と共に、全身全霊の力でスコップを雪山に叩きつけた。共感か同情か、まるで呼応するように境内の松の枝が、ぼとんと雪を地に落とした。

第一話

聖二月十四日《バレンタイン》カミさま警護命令

1

　空の色が茜《あかね》から藍《あい》へと変わった夕刻。

　居間のヒーターの前で膝を抱え、美空《みそら》はぼんやり時を過ごしていた。

（………疲れた）

　温風になびくクセ毛を見つめながら、今日一日の出来事を思い返す。朝、境内《けいだい》の雪かきに始まり、便利屋の依頼の雪かきを二件こなし、さらにその雪を使ってのかまくら作り。正直、しばらく雪には触れたくないし、見たくもない。

　しかも可能な限りの時間と労力を費やしたにもかかわらず、かまくらは完成しなかった。午後から一転して天気は回復し、気温は上昇。無常にも雪は溶け続け、美空の努力と共に未完のかまくらは消え失せたのだ。

「私の今日の努力って、なんだったんだろ……」

「虚空《こくう》裏に楔《くさび》を釘《う》つ。一見、無駄に思える行為を、疎《おろそ》かにしてはいけないよ」

　思わず漏らした美空のぼやきに、貴海《たかみ》の言葉が被《かぶ》る。

「かまくらの中でのおしるこは無理だったけど、代わりに阪野《さかの》家の手作りおはぎが食べられるんだからさ」

ソファに座り、もぐもぐとおはぎを頬張《ほおば》る貴海を、美空は恨みがましく見つめた。境内の雪かきは、自主的にしたのだから文句はない。依頼の雪かきも、家計のための仕事だと思えば我慢できる。だがかまくら作りに至っては、完全に貴海の道楽だ。よって美空としては断固手を出す気はなかったのだが。

『この雪を使って、かまくらを作ろうと思って』

と貴海がわざわざ依頼人宅で公言したために、依頼人たちの厚意（完全なる好意でもある）で雪が晴安寺《せいあんじ》の境内まで運び込まれるはめになった。そして一緒にかまくらを完成させると意気込むあまり、互いをライバル視し、険悪なムードになってしまった依頼人たちを押し留めて帰宅させるには、美空が責任を持ってかまくら作りを引き受けるしかなかったのだ。

「でも確かに今回は、少し無計画だったかな」

口元についた餡《あん》を指で拭《ぬぐ》い、貴海は悩ましげに息をつく。

「天気と時間との闘いだったから、朝のうちに仁《じん》を呼び出しておくんだった」

「またそうやって、すぐ仁ちゃんに我《わ》が儘《まま》を言う」

傍迷惑《はためいわく》な兄の案に、美空はきりりと眉を寄せた。「仁ちゃん」こと陸箕《むつみ》仁は、貴海の幼《おさな》馴染《なじみ》だ。同い年の二人は幼稚園から大学まで一緒の学校に通っており、二十年来の付き合いになる。美空と貴海は年齢が十歳離れているため、仁は妹の美空より貴海と長い時間を共有していることになり、その間に貴海によってもたらされた苦労とストレスは計り知れない。

にもかかわらず、大人になった今でも仁は貴海を見放すことなく、付き合いを継続してくれている。美空にとって仁は救済の仏様《ほとけ》のような人物で、晴安寺の御本尊様と同じくらい日々心の中で拝んでいる相手なのだ。

「あまり我が儘ばかり言ってると、呆《あき》れて見捨てられるわよ」

無駄だとわかっていても、念のために釘を刺しておく。万が一、仁が貴海を見限ったら、美空としても大いに困るのだ。

「いいんだよ。僕の我が儘は仁の日常の一部だから」

だが美空の懸念など、当の貴海はどこ吹く風だ。

「それに仁とは子供の頃、一緒にかまくらを完成させたことがあるしね」

一緒に、と言いつつも貴海は口を出しただけで、実際にかまくらを作ったのは仁一人に違いない。また一つ仁の過去の偉業を知り得た気分で、美空は心の中で手を合わせた。

「あれ？　噂をすれば、仁からだ」

ふいに貴海の携帯が鳴り始める。ぱちりと瞬《まばた》きをし、貴海は通話に出た。

「もしもし仁？　今日のかまくら作りは残念ながら」

どうでもいい報告の途中で、貴海は口をつぐんだ。不服そうな表情からして、話を断ち切られたのだろう。

「……へえ、そうなんだ」

しかし次の瞬間、貴海の口元が綺麗な弧を描く。食べ物を前にした純粋無垢な笑顔ではなく、何やら謎めいた微笑《ほほえ》みに、美空は本能的に危機感を覚えた。

「うん、わかった。こっちは上手くやるから大丈夫。それからもし次に雪が積もる日があったら、何よりまず朝一番で家に」

ブツッと美空にも聞こえる派手な音をたて、通話が切れた。ゆっくりと携帯を下ろし、貴海は信じられないものを見るような眼を画面に向ける。

「……切られた」

「そりゃ切るわよ」

かまくら作りの誘いなど面倒なだけだ。完全に仁の側に立ち、美空は言った。

「それより仁ちゃん、何か用事だったの？」

なんとなく焦燥感《しょうそうかん》に駆られ、美空は問いかける。貴海はにこりと笑った。

「もうすぐ便利屋の依頼人が到着するよ」

「そうなの？　仁ちゃんの知り合い、というか紹介？」

わざわざ電話をしてきたくらいだから、そういうことなのだろう。以前にも仁の紹介で、会社の後輩の女性が便利屋を訪ねてきたことがある。

「まあ仁の知り合いだけど、紹介ではないかな」

口元に手を当て、貴海は笑いを漏らす。美空の中で嫌な予感が膨《ふく》らんだ。これは十中八九、厄介事が近づいてきている気がする。

「とりあえず美空、依頼人が来る前に玄関周りを片付けておいで」

美空ははっとした。言われてみれば、玄関には長靴、そして雪かきで使用したスコップ等がそのまま放置されているではないか。

「ほら、早くしないと依頼人が着いちゃうよ。時は金なり。可及的すみやかに」

ぱんぱんと手を打つ貴海に急《せ》かされ、慌てて美空は居間から廊下へと走り出た。そのままの勢いで玄関に向かい、長靴を靴箱に押し込んでスコップを摑《つか》む。

(とりあえず、これは物置にっ)

依頼人が来る前に、急いで片づけなければ。突っかけを引っ掛け、美空は玄関の引き戸を開ける。だが気が焦《あせ》るあまり、開けきれていなかった引き戸にスコップを引っ掛け、結果として美空は玄関先で派手に転倒した。

「うう、痛い……」

土間で膝を強打し、しゃがみ込んだ美空は涙声を上げる。同時に頭上から、優雅なお香《こう》の薫りがした。

「相変わらず、元気がよろしいこと」

パチンと扇子を打ち鳴らす音に、美空はびくりと背筋を震わせた。聞き覚えのある落ち着いた声。視線の先には、綺麗に揃《そろ》った草履《ぞうり》と藍色の着物の裾《すそ》。そしてさっきから消えることなく漂《ただよ》うお香の薫り。

（……まさか）

恐る恐る美空は視線を上げる。目の前に立っていたのは、長い黒髪を豊かに結いあげた着物姿の女性。

「お久しぶりです、美空さん」

女性の持っていた扇子が、再びパチンと音をたてる。瞬時に美空は立ち上がり、気をつけの姿勢を取った。

「りりり律《りつ》さん、ご無沙汰しております！」

腰から九十度直角に上半身を曲げ、美空はおじぎをした。心臓が妙な動悸を奏《かな》で、背中に嫌な汗が流れる。

仁の母親であり、美空と貴海の亡き母、晴子《はるこ》の友人でもあった陸箕律の来訪は、一週間後に控えた聖戦の始まりを告げるゴングだった。

便利屋の依頼人として、美空は律を一階の和室に案内した。便利屋稼業で寺の領域は使用しないことにしているので、家族が暮らす住居スペースのうち、客間を兼ねた和室しか適した場所がないのだ。

　律は部屋の奥にある仏壇に手を合わせた後、着物の裾を微塵《みじん》も乱すことなく、中央の和机を前に座った。これ以上の粗相《そそう》があってはいけないと己に言い聞かせ、盆を持った美空は律の隣に膝をつく。

「そ、粗茶ですが……」

　カタカタと緊張で震える茶卓と共に、湯飲みを差し出す。美空が祈るような想いで見守る中、律は無言で茶を口にすると、静かに湯飲みを戻した。

「美空さん」

「はいっ」

　上擦《うわず》った返事と同時に、美空は背筋を伸ばす。

「以前より、美味《おい》しくお茶が淹《い》れられるようになりましたね」

「本当ですかっ？」

　嬉しさの余り美空は声を上げた。

「氷上《ひかみ》さん、って仁ちゃんの会社の後輩さんに淹れ方を教えてもらって、練習したんです。最初は全然上手くいかなくて、兄さんにバカにされてたんですけど、律さんに褒《ほ》めてもらえるなんて感激です！」

両手を握り締め、美空は熱く語る。それを見届け、律は表情を変えることなく口を開いた。

「そうですか。でも私は『以前より』と言ったまでで、純粋に美味しいとは言っていませんよ」

パチンと手元の扇子を打ち鳴らし、律は続ける。

「まだまだ習練が必要です。精進なさいね、美空さん」

「……はい」

上げて落とすとは、このことか。一気にテンションが下がり、しゅんと美空は項垂《うなだ》れた。

「美空は甘いなあ。茶道の師範の律さんから、簡単に満点がもらえるわけないだろ？」

やりとりを見守っていた貴海が笑いを漏らす。清々《すがすが》しいほどの気遣いとフォローのなさに頰を膨《ふく》らませ、美空は貴海の隣に移動した。

仁の母親である律は、美空が物心ついた時からすでに茶道の先生をしていた。自宅でお茶を教える傍《かたわ》ら、頼まれると文化センターや学校などに出向き、着付けや行儀作法の手ほどきをしたりもしている。

美空から見て、律は非の打ちどころのない完璧な大人の女性だ。そのため自身の未熟さを否《いや》がおうでも認識させられる、少々苦手な相手でもある。

「まあ美空の習練はさておき、律さんは今日、便利屋に依頼があってみえたんですよね？」

マイペースに貴海が話を本題に戻すと、律はわずかに口元を和《やわ》らげた。

「ええ。ちゃんとうちの愚息から連絡があったのね」

ごく自然な声音で律は告げる。たとえ謙遜でも大手商社に勤めるエリートの仁が愚息なら、貴海は一体何になるのだろうと、美空は生ぬるい目で兄を見た。

「確かに便利屋に依頼したいことがあります。ただし貴海くんではなく、美空さんに」

「へ？」

唐突に指名を受け、思わず美空は間の抜けた声を出した。

「兄さんじゃなくて、私ですか？」

「そうです。むしろ美空さんにしかできないことです」

仁によく似た切れ長の目で、律は美空を真正面から捉《とら》えた。美空の身体《からだ》は緊張で一気に固まる。

「来週の日曜日が何の日か、おわかりですか？」

律の問いに、美空はカレンダーを思い浮かべた。日付は二月十四日。つまり、

「えっと、バレンタインデー、です」

「では晴安寺にとって、バレンタインデーとは？」

「一年で一番の繁忙日……」

答えながら、美空はげんなりした。実家が寺でありながら、お盆よりバレンタインデーが忙しいのは、誰でもない貴海が原因である。

「そうです。そしてバレンタインデーは一年で一番、晴安寺が荒れる日でもあります」

できの悪い生徒に言い聞かせるように、律は少し語気を緩《ゆる》めた。

「毎年バレンタインデーには貴海くんにチョコレートを渡すため、大勢の女性が晴安寺にやって来ます。私は僭越《せんえつ》ながら晴子に頼まれ、混乱やいさかいが起きないように、例年その場を取り仕切ってきました。それはご存じですね？」

こくりと美空は頷《うなず》いた。貴海が小学生の時分から、律は仁を引き連れ、バレンタインデーで混乱極める晴安寺を取り仕切ってきた強者《つわもの》だ。

（律さん、敵なしって感じだもんな……）

心の中で、美空は言えない本音をつぶやく。常に着物姿の律は、ただその場にいるだけで、他を寄せつけない圧倒的な貫録と威厳を醸《かも》し出す。その一瞥《いちべつ》、一言、一挙一動で、律は確実に貴海ファンを黙らせるのだ。

「ただ今年に限っては、私は当日、晴安寺に来ることができません」

「ええ？」

突然の申告に、美空は目を丸くした。律は淡々と続ける。

「私の茶道の恩師が京都で大規模な茶会を催《もよお》すことになり、その手伝いに行かなければなりませんので。そこで美空さん、あなたに便利屋の依頼をいたします」

律は扇子を持ち上げ、つっと美空を指した。

「バレンタインデー当日、私に代わって晴安寺を取り仕切り、なおかつ貴海くんを警護なさい」

「えええ？」

驚きと衝撃で美空は仰《の》け反《ぞ》った。

「無理です！　絶対に無理！　律さんの代わりなんて、私にはできませんっ」

悲鳴に近い声で美空は否定する。だが律の口調は揺るがない。

「できるかどうかではなく、やってもらわなければ困ります。これは『お願い』ではなく、『依頼』なのですから」

真っすぐに美空を見据え、律は言った。一歩も引く気のない強い眼差《まなざ》しに、美空は言葉に詰まる。

「念のために言っておきますが、一昨年《おととし》は晴子が亡くなり、去年は美空さんの高校受験があったので、さすがの貴海くんファンもバレンタインデーを自粛していました。その点、今年は何の気がかりもない上に、彼女たちに常識と秩序を説《と》くべきご住職はいらっしゃらない。しかも当日は日曜日です。結果として、どうなるかは予想がつきますね？」

じわじわと美空は首を絞められ、息の根が止められる気がした。律は容赦なく決定打を告げる。

「間違いなく今年のバレンタインデーは、今まで以上に大荒れになります」

その瞬間、美空の脳裏に過去の記憶がフラッシュバックした。バレンタインデー当日、我先にと晴安寺の門をくぐろうとする貴海ファンの女性たち。その熱気を思い出し、ぶるりと背筋が震える。

「もちろん例年通り、うちの愚息は好きなように使っていただいてけっこうです。ただ場を取り仕切るのは、貴海くんの妹である美空さんでなければいけません」

律の言うことは、確かに理にかなっている。きっと貴海ファンの面々は、律以外の他人がバレンタインデーを取り仕切ることを認めない。唯一、公平を保てる存在として許されるのが、妹の美空なのだ。

（でもやっぱり、それでも無理……っ）

美空の武器は、貴海の妹という立ち位置のみ。どんなにそれを行使したとしても、律のように熱狂的な貴海ファンたちと渡り合う自信はない。

「わかりました。その依頼、引き受けます」

張り詰めた空気を融和するように、隣で貴海が声を出した。唖然とする美空に、貴海は笑顔で言い放つ。

「美空は便利屋アルバイトなんだから、社長の僕の命令は絶対だよ」

アルバイト代を支払ったこともないくせに、どこのブラック企業だ。即座に言い返そうとした美空だが、律の扇子の音に遮《さえぎ》られる。

「では頼みましたよ、美空さん」

こうなるともう、後には引けない。貴海に対する不満と文句を無理やり飲み込み、美空は消え入りそうな声で告げた。

「つ、謹《つつし》んで、お受けいたします……」

ぎこちなく頭を下げる。胸の内では言いようのない不安が、勢いよく渦巻いていた。


律が便利屋を後にした後、美空は和室で頭を抱えた。

「どうしよう……」

和机には、律が持参したバレンタインデー当日の注意書きが置かれている。ただの紙でもノートでもなく、巻物式の和紙に記された達筆な筆文字を前に、美空の心はますます重くなった。

「仕事として依頼を引き受けた以上、がんばるしかないよね」

大きく伸びをし、貴海はのん気に告げる。その危機感のなさと完全なる他人事な様子に、美空は力強く和机を叩いた。

「なんでそう適当なのよ！　そもそもこの依頼、兄さんのためのものじゃない！」

「うーん、別に僕のためだけの依頼じゃないと思うけどなあ」

思案気《しあんげ》な表情で貴海は言う。

「まあ美空がどうしても嫌だって言うなら、依頼は断ってもいいよ。当日、仁がいれば僕の身の安全は確保できるだろうし、手伝いなら他の誰かに頼めるしね」

貴海の提案に、美空の心は揺れた。便利屋を始める前、予備校の講師や某有名ブランド店の店員など様々な転職を繰り返した結果、貴海は幅広い人間関係を構築している。もし一声かければ、きっと人材は集まるだろう。もしかすると美空が無理に出張るより、彼らに任せた方が物事は円滑に進むかもしれない。

（だけど……）

これは律が持ち込んだ依頼だ。しかも他の誰でもない、美空に。それを断ることは、律からのなけなしの信頼を自ら放棄するようなものではないだろうか。

「美空はさ、律さん相手だと気負いすぎるんだよ」

心を読んだかのように、貴海が言った。

「失敗したらいけない。幻滅《げんめつ》させたらいけない。失礼があったらいけない。そうやって自分を追い込むから、緊張して余計に上手くいかなくなるんだろ？」

「だって仕方ないじゃん。私、以前に盛大にやらかしてるし……」

美空は深々と息をついた。幼い頃、美空は母の晴子と一緒に、律の子供茶道教室に参加したことがある。その際に正座で足を痺《しび》れさせた美空は茶室で派手に転倒し、茶碗を割り、畳に抹茶をぶちまける大失態を犯した。律はかまわないと言ってくれたが、あの出来事は美空の中で、かなりのトラウマになっている。

（しかも中学時代が、あれだしな……）

出来の良い貴海と比べられすぎた美空は、平凡な自分と周囲に嫌気がさし、中学の時にグレた過去を持っている。当時は警察に補導されるような日々を送っており、晴子には多大な迷惑をかけた。そんな美空に対し、品行方正な律が良い印象を持っているはずがなく、信頼を勝ち得るには多大な努力が必要なのだ。

「よしっ」

ばちんと両頬を叩き、美空は立ち上がった。今回の依頼は、考えようによってはチャンスかもしれない。

「当日を問題なく乗り切って、律さんに認めてもらおう！」

「うん。じゃあがんばって」

美空の決意を台無しにするように、貴海が笑いを含んだ声を出す。握り拳に力を込め、美空はぎりっと奥歯を嚙《か》み締めた。

＊

自宅に戻った律は、離れの茶室で一人、茶を点《た》てていた。

晴安寺ではなく安住家に足を踏み入れたのは、晴子が亡くなって以来になる。自然とできた二年というブランクが長いのか、短いのか。律には未だわからない。

ただわかっているのは、安住晴子という人間が、律にとって唯一無二の存在だったということだ。晴子の死によって生じた胸の空白は、別の何かで埋めることはできない。もし時が解決するというのなら、その経緯をもって、慣れていくだけなのだろう。決して埋まることのない空白を抱えて、日々を生きていくということに。

（きっとそれも、時間がかかるでしょうね）

晴子との付き合いは、決して短くはない。出会いは高校生の時だ。寺の娘の晴子と、茶道家の娘の律。少し特殊な家庭環境が、親しくなるきっかけだった。それから友人として時を過ごすこと三十年超。晴子は大人になっても、結婚しても、母親になっても、その名の通り、いつも晴れやかな笑顔で日々を楽しげに生きていた。

『トンビが鷹《たか》を生むって、こういうことを言うのかしらね』

平凡からかけ離れた、自分とは似ても似つかない貴海が産まれた時も、晴子は楽しそうに笑っていた。律の心配をよそに、不倫や捨て子説まで囁《ささや》く周囲を、晴子は笑顔で一蹴《いっしゅう》した。

『蛙《かえる》の子は蛙って、こういうことを言うのかしらね』

そして平凡極まりない、自分とそっくりな美空が産まれた時も、晴子は楽しそうに笑っていた。これまた律の心配をよそに、貴海と比べてあれこれ囁く周囲を、晴子は笑顔で一蹴した。

(強いというか、マイペースというか)

茶筅《ちゃせん》を止め、茶碗から引き抜き畳に置く。そこで律は一息ついた。今日はやけに晴子のことを思い出す。安住家の仏壇で、遺影に手を合わせたためか。もしくは二人にとって、思い入れの深いバレンタインデーが近づいているためか。

『バレンタインデーは、祭りみたいなものよね』

一年で一番の繁忙日を前にした時も、やはり晴子は楽しそうに笑っていた。

『せっかくの祭りなんだし、律っちゃんも一緒に楽しまないと』

あの太陽のような、大らかで明るい笑顔は、もう見られない。代わりに律の脳裏には、美空の引きつった悲愴《ひそう》な顔が浮かんだ。

「では、御手並み拝見いたしましょう」

トンビが生んだ鷹と、蛙の子。二人がどんな一日を過ごすのかと想像しつつ、律は静かに茶を飲み干した。

2

翌日から、美空の中でカウントダウンが始まった。バレンタインデーまで残り六日。一時たりとも無駄にはできない。

（……ねむ）

昼休みの教室で、美空は一つあくびをした。昨夜は律の注意マニュアルを読み、夜ふかししたため寝不足なのだ。簡単に読み流せない内容に加え、律の筆文字が達筆すぎて解読に時間を要したのだから仕方がない。

（やっぱり当日、不安だな……）

今度はあくびではなく、美空は溜息をついた。律の依頼を受けると決めたものの、やはり荷が重い。もし手に負えない事態が起きたらと思うと、胃が痛くなってくる。

「このチョコいいじゃん！」

ふいに飛び込んできた明るい声に、美空はあくびによる涙目を向けた。見れば斜め前の席にいる女子二人が、何やら雑誌を覗《のぞ》き込《こ》んでいる。

「バレンタインデー限定でポーチ付きだって。かわいい。欲しい」

「じゃあ自分用で買えば？」

「マユが買ってよ。それで私にちょうだい」

「なにそれー」

二人は顔を突き合わせ、同時に笑い出す。美空は目元をぬぐい、頰杖をついた。

（……楽しそう）

中学時代に不良になり、まともな学校生活を送らなかった美空は、高校生になっても一般的な感覚が取り戻せなかった。そのためクラスに派生したどのグループにも入り損ね、友達もできず、地味な女子として一人、毎日を過ごしているのである。

「なになに？　マユがチョコ買ってくれんの？」

たそがれる美空をよそに、女子二人の会話に男子が加わる。さらに場がにぎやかになった。

（……やっぱり楽しそう）

本来バレンタインデーとは、こういうものなのだ。誰にチョコを渡すかでドキドキしたり、友達同士で盛り上がったり、決して戦いに脅《おび》える日ではないはずだ。

だが思い返せば小学生の頃から、美空にとってバレンタインデーは戦いの日だった。学校ではクラスメートや他学年の生徒から貴海へのチョコを渡され、ホワイトデーのお返しを要求されて、大荷物となったチョコを抱えて帰宅。自宅前と晴安寺には貴海ファンの女性陣が詰めかけていて、家に入るだけでも一苦労だった。酷《ひど》いと女性陣に弾《はじ》き出され、仕方なく寒空の下、一人寂しく公園で時間を潰《つぶ》したこともある。

過去の記憶が甦《よみがえ》り、美空は深々と息をついた。貴海が二十歳《はたち》で独り暮らしをすると家を出たため、しばらく貴海絡《がら》みのバレンタインデー騒動からは離れていられた。だが現在は両親の不在を機に、貴海が実家に帰ってきている。しかも今年は便利屋の依頼により、完全に渦中《かちゅう》に入らなければならない。

（不安だし、ゆううつ）

重たい気分の美空とは裏腹に、クラスメートたちは楽しげな会話を続けている。まるで別次元の光景を見るような気分で、美空は遠い目をした。


帰宅後も、美空の気分は晴れなかった。

「えっと、第一の注意事項は」

夕飯後、美空は台所で皿を洗いつつ、傍らに置いた律による注意マニュアルを反復していた。バレンタインデーを問題なく乗り切るには、律の教えを頭に叩き込み、実践するしかない。そして子供の頃から頭脳明晰《めいせき》な貴海と違い、知力も十人並みの美空にとって、暗記はひたすら地道に努力するしかないのだ。

ぶつぶつとつぶやきつつ、美空は皿を洗い続ける。すると背後で盛大な溜息がし、蛇口の水が止まった。

「お前、その皿いつまで洗っているんだよ」

冷静な指摘に手を止め、美空はぱちりと瞬《まばた》きをした。見れば左手に持った皿の汚れは、とっくに消え去っている。どうやらマニュアルを読むのに没頭し、延々と一枚の皿を洗っていたらしい。

「せ、瀬崎《せざき》くんは学校の課題、もう終わったの？」

振り返った美空は恥ずかしさから、無理やり話題を変えてみる。制服姿の瀬崎大智《だいち》は、当然のように頷《うなず》いた。

「貴海さんにアドバイスもらったら、すぐに解けた。あの人、やっぱすげーよな」

感心した口ぶりで言う大智に、美空はおののいた。便利屋を始める前、予備校講師をしていたことのある貴海は、確かに勉強の教え方が上手い。ただ大智によって持ち込まれる課題の難解さは、相当なものだ。

（もはや私とは、レベルが違いすぎる）

便利屋の依頼を介して知り合った大智は、美空と同じ高校一年生。だが大智は県内でトップクラスの進学校に通っており、美空の学力とは雲泥の差がある。しかも引き離されているのは学力だけではなく、クールで知的な大智は顔面偏差値もそれなりに高い。よって全てにおいて平均値を誇る美空としては、大智は便利屋の依頼がなければ知り合うこともなかった相手だと思っている。

「で？　そっちは何してるんだ？」

美空の手から皿を取り、代わりに置きながら大智は尋ねた。

「学校の勉強ってわけじゃねーだろ？」

大智は怪訝《けげん》な眼で巻物を見つめる。あたふたと美空は言葉を探した。

「これには深い事情が、というか昨日、受けた依頼でね」

そこで美空は一連の出来事を大智に話す。全てを聞き終えると、大智は思案気に眉を寄せた。

「確かにバレンタインデーは、すごいことになりそうだな。貴海さんは普段そのへんにいるだけで、気づくと女が寄ってくるし」

「そう！　本当にそれ、すっごい迷惑なの」

大智の理解を得た気分で、美空は力説した。

「しかも一緒にいるこっちが気を抜くと、すぐにモーションかけてくるし。単に話しかけてくるだけでも嫌なのに、わざと兄さんの前で転んでみたり、落とし物したり、人の善意につけこんだ作為的なのとか絶対に許せない。あと隠し撮りとか尾行とか、阻止する私の身にもなれって話よね」

思い出すと腹が立つ。いらいらと語る美空を、大智は冷ややかに見つめた。

「いつも言ってるけど、お前のブラコンはもはや末期症状だな」

「はあ?」

　ぶんと両手を振り、美空は声を上げた。

「こっちもいつも言ってるけど、私のどこがブラコンなのよ。末期どころか、何の症状も出てないじゃない」

「無自覚とか、マジで手遅れじゃねーか」

　大智は悪びれることなく肩をすくめる。納得がいかず、美空はぶすっとむくれた。

　そもそも便利屋の依頼が終わった今でも、大智が安住家にやって来るのは、貴海に懐《なつ》いているからなのだ。しかも現役男子高校生であるにもかかわらず、料理の腕前でも美空を軽く陵駕《りょうが》する大智は、貴海のリクエストを受け、週に何度か夕飯を作りに来る献身ぶりを発揮している。

　よって美空としては、そんな大智にブラコン呼ばわりされるのは非常に遺憾《いかん》なのだが、大智がへそを曲げ、安住家への足が遠のくのを危惧し、反論をできるだけ控えている。己のプライドと、手の込んだ大智の夕食。両者を天秤にかけた結果、簡単に後者に傾いたのだから仕方がない。今日のビーフストロガノフも美味しかったし、と美空は数分前の食卓に想いを馳せる。

「手伝ってやろうか?」

「え？」

　唐突な大智の申し出に、美空は瞬きをした。発言を理解するのに数秒を要する。

「それはつまり、バレンタインデーに晴安寺に来て、一緒に戦ってくれるってこと？」

「前半は合ってるけど、後半は違うな。オレは秩序と常識に従って行動するだけで、お前みたく戦ったりはしねーよ」

　腕を組み、憮然《ぶぜん》と言い放つ大智を、美空はまじまじと見つめた。実際にバレンタインデー当日の晴安寺を見たことがないとはいえ、自ら戦場に足を踏み入れるなんて、よほどの挑戦者だ。

「でも本当に大丈夫？　思っているより、凄《すさ》まじいよ？」

　念のために美空は尋ねた。

「当日は、純粋に兄さんにチョコを渡したいっていう人たちだけじゃなく、イベントや祭りに参加するノリで来る人たちもけっこういたりするの。実際に晴安寺のバレンタインデーは、N公園の桜祭り、I商店街の夏祭りに並ぶ地元の三大イベントの一つとして認識されているくらいだから」

「へえ。貴海さんって、地元の活性化にも貢献してんのか。やっぱすげーな」

　大智は感心したように言う。美空はスッと目を細めた。

「食いつくところ、そこじゃないよね？」

「わかってる。それに問題ねーよ。その日は特に予定もないし、話を聞いた以上、知らないふりすんのも後味悪いしな」

「瀬崎くん……っ」

美空は感激し、両手を握り締めた。ちょうど台所の電気の位置で、まるで大智に後光が差しているかのように見える。たとえ貴海に妙な尊敬の念を抱く人物であろうとも、冷静沈着な大智が協力してくれるのは非常に喜ばしいことだ。

「ありがとう。すごく嬉しいし、心強い」

そこで美空は素直な想いを口にした。胸に重く沈んでいた不安が軽くなっていく。

「瀬崎くんってクールに見えて、実は優しくて良い人だよね」

「は？」

とたんに大智は顔をしかめる。

「お前、そういうことをわざわざ言うなよ」

ふいっと横を向き、大智はぶっきらぼうに告げる。何か妙なことを言っただろうかと、美空は首を傾《かし》げた。その拍子に置きっぱなしのマニュアルが目に入る。

「そうだ。良ければ当日までに、注意マニュアル読んでおく？　巻物だけど」

「……巻物？」

「うん。律さんの字が達筆すぎて、私は読むのに苦労したの。でも瀬崎くんは頭いいし大丈夫だと思う。原本は渡せないから、書き写す？　それともコピーする？」

「いや、だから何で巻物なんだよ」

「あ！　それより先に瀬崎くんが手伝ってくれるって、兄さんに報告しなくっちゃ！」

ぱんと両手を打ち鳴らし、善は急げと美空は足早に台所を出て、貴海のいる居間へと一目散に向かう。人の話を聞けよブラコン、という大智のつっこみは、この際きれいに聞き流すことにした。


大智の協力によって、助っ人の重要性を再認識した美空は後日、長谷都乃《はせみやの》に連絡を取ってみた。都乃はアラサーの専業主婦で元警察官だ。知り合ったきっかけは、中学時代の度《たび》重《かさ》なる補導なのだが、都乃は面倒見がよく気さくな女性で、警察を結婚退職した後も何かと世話になることが多い。そのため美空にとって、歳の離れた姉のような存在である。

放課後、駅前のコーヒーショップで都乃と待ち合わせをした美空は、依頼について一から説明した。

「なるほど。聞くだけで、修羅場が想像できるわね」

カップを前に、都乃は悩ましげに息をつく。美空は大きく頷いた。

「そうなんです。だからできれば都乃さんにも、手伝ってもらえたらなって思って」

都乃は行動が機敏だし、物事に動じない強さも持っている。しかも派手ではないが自然体の美人のため、美空の憧れだ。そんな都乃なら貴海ファンの女性たちも一目置《いちもく》くだろうし、律ほどではないが混乱の抑止力もあるだろう。

「うーん、美空ちゃんの大変さはわかるし、できればお手伝いしたいんだけど、その日は予定が入ってて」

都乃は申し訳なさそうに言った。

「実は前日の土曜日から、旦那と一泊で旅行に行くのよ。前々から決めていたことだからキャンセルもできないし」

「あ、もしかしてバレンタインデート的な？」

「改めて言われると恥ずかしいわね。まあ旦那には日頃の感謝も込めて、二人でゆっくりしようかなと思って」

さらりと都乃は答えるが、幸せオーラ満開だ。バレンタインデーは修羅場ではなく、恋人や夫婦が楽しく過ごす日でもあることを思い出し、美空は己の無遠慮さに落ち込んだ。

「すみません。私ってば、気遣いがなくて」

「いいのよ。美空ちゃんに頼ってもらえて嬉しいもの。来年は早めに言っておいてくれれば、予定を空けておくわね」

都乃は明るい笑顔を見せる。だが美空としては、大荒れのバレンタインデーなど今年だけで充分だ。

「ねえ美空ちゃん、当日お手伝いができない代わりじゃないけど、一緒にバレンタインチョコを手作りしない？」

空気を変えるように、都乃は明るい声を出した。

「美空ちゃんだって、貴海くんにチョコをあげるでしょ？」

美空は目をぱちくりさせた。自身が誰かにチョコをあげることなど、すっかり念頭から消えていた。

「完全に忘れていました。子供の頃はお母さんと一緒にチョコを手作りして、お父さんと兄さん、それと仁ちゃんにあげていたのに」

思い返せば懐かしい日々だ。美空が物心ついた頃から、晴安寺はバレンタインデーで荒れていたが、生前の晴子は一貫して、楽しんでいた気がする。

（お母さんって、何事にも動じないタイプだったもんな……）

記憶の中の晴子は、いつも笑顔でいる。平凡極まりない晴安寺の住人らしく、美空と同じく十人並みの容姿の晴子だったが、精神面では規格外のしなやかな強さを持っていた。

貴海がどれだけ女性相手のトラブルを勃発させても、晴子は微塵も狼狽《うろた》えることなく、笑って全てを許容していた。そして美空が不良になった時も、怒りも嘆《なげ》きもせず、ありのままの美空を受け入れた。

『美空は美空、貴海は貴海でしょう？』

時に諭《さと》すように、時に勇気づけるように、晴子は何度も繰り返した。

『それに美空は貴海の妹であると同時に、私の娘だってこと、絶対に忘れちゃダメよ』

晴子は美空の最大の味方で理解者だった。だが徐々に大きくなる周囲からの酷評に、そんな母の声が届かないところまで、美空は追い込まれてしまったのだ。

「中学になってからは私がグレて、そういう感じじゃなかったので。お母さんも、気を遣っていたのかな」

当時は自分のことで精一杯で、周りに目を向ける余裕などなかった。もう戻らない日々に、後悔がないわけではない。

「美空ちゃんはお母さんと、どんなチョコを作っていたの？」

「作るって言っても、ただチョコを溶かして、固めてデコレーションしただけです。私もお母さんも不器用で、それくらいしかできなかったから」

「そう。じゃあ今回の手作りチョコも、その方向性でいきましょう」

都乃は柔らかく微笑んだ。

「美空ちゃんにとって、久しぶりのバレンタインデーだもの。お母さんとの思い出も、大切にしないとね」

こくりと美空は頷いた。都乃の優しさと温かさが胸に染みる。

「ありがとうございます。よろしくお願いします」

「ええ。今年は貴海くんと陸箕くん、それから瀬崎くんの三人分を作らないとね」

「瀬崎くん？」

美空がきょとんとすると、都乃は首を傾げた。

「当日は瀬崎くんも来るんでしょ？　チョコ、あげないの？」

不思議そうに尋ねる都乃に、美空は眉を寄せた。

「瀬崎くん、私からのチョコなんて要るかな。兄さんみたいに食い意地が張っているわけでもないし、ホワイトデーのお返しとか考えさせたりすると、むしろ迷惑な気がするんですけど」

「そんなことないわよ。それに今回の件がなくても、美空ちゃんは瀬崎くんにチョコをあげると思ってたわ。だって二人、仲良しじゃない。瀬崎くんはよく家にも来ているみたいだし、たまに勉強もみてもらっているって言ってなかった？」

「瀬崎くんが家に来るのは、兄さんに会うためですよ。あと私の勉強をみてくれるのは、以前に便利屋の依頼で小学生の家庭教師を手伝ってもらった際、兄さんに『教え方が上手い』って褒められたのが嬉しかったからだと思います。基本的に瀬崎くんは兄さん中心で動くので、私はついでって感じですね」

「そうかしらねえ」

都乃は何やら考え込むような顔をした。

「まあ美空ちゃんの場合、大好きな貴海くんが常にそばにいるから、自分や他人の好意に鈍いのは仕方ないのかしら」

「あの、別に私、兄さんのこと大好きでも何でもないんですけど」

「ほら、そういうところよね」

一人納得したように都乃はつぶやく。対して納得できない美空は頬を膨《ふく》らませた。

「うん、いいわ。あまり重く考えずに、依頼を手伝ってくれるお礼とでも思ったら？　今は男女に限らず、友達にもチョコをあげたりするし。そもそも貴海くんと陸箕くんにあげて、瀬崎くんには渡さないなんて不公平よ」

「はあ」

美空は気のない返事をした。料理上手の大智に、美空の手作りチョコの価値は皆無な気がするのだが。

「わかりました。とりあえず三人分、作ってみます」

「うん。がんばりましょうね」

笑顔で都乃は頷く。バレンタインデー当日までに一つやるべきことが増え、美空は新たな気合いを入れた。

都乃と別れた後、美空は急いで帰路へとついた。貴海からのメールによると、仁が家に来ていて、夕飯も調達済みらしい。

（絶対に仁ちゃんの奢《おご》りだよね……）

基本的に貴海は仁に対して遠慮がない。申し訳なさと、おそらく高価な夕飯への期待を胸に、美空は玄関の引き戸を開けた。

「ただいま」

中に向かって声を出すと、貴海が廊下に現れた。

「おはえり」

美空を出迎えた貴海は、もぐもぐと菓子パンを食べている。夕飯前にと美空は眉をひそめたが、貴海の持つパンを見てはっとした。

「それってアペルディのシナモンロール？」

「正解。勉強の暗記は苦手なくせに、こういうのはよく覚えてるよね」

貴海の軽口に美空は頬を膨らませた。アペルディは以前テレビで紹介されていた人気のパン屋で、美空もぜひ食べてみたいと思っていたのだ。だが少々値段が張るため贅沢はいけないと、欲求を押し殺してきたのである。

「じゃあもしかして、今日の夕飯は」

「アペルディのサンドイッチ、特製ローストビーフサンドもあるよ」

「本当？　やったあっ」

「もちろん仁の奢りでね」

「……だよね」

わかりきっていた事実に、美空は万歳した手をそろりと下ろす。その頭を貴海がこづいた。

「お前は子供なんだから、素直に『ありがとう』って言っておけばいいんだよ。テレビで見た時、あんなにハイテンションで食べたがっていたくせに」

残りのパンを食べながら、貴海はすたすたと居間へと戻っていく。その背を見て、美空は瞬きをした。

仁が安住家へ来る際の手土産は、概《おおむ》ね貴海のリクエストだ。そうなると今回は美空が食べたがっていたアペルディのパンを頼んでくれたのだろうか。

（いや、単に兄さんが食べたかっただけかも）

むむっと眉を寄せつつ、美空は貴海の後を追う。いずれにしろ仁の奢りなのだから、礼は仁に言うべきだろう。だが居間に足を踏み入れると仁の姿はなく、貴海がソファでパンを片手にコーヒーを飲んでいるだけだ。

「あれ？　仁ちゃんは？」

「仕事の電話中」

そう言って貴海は和室を指さす。するとタイミングよく、携帯を持った仁が居間に入ってきた。

「仁ちゃん、いらっしゃい」

コートを脱ぎつつ、美空はぺこりと頭を下げた。

「あとアペルディのパンを買ってきてくれてありがとう。前から食べたかったから、すごく嬉しい」

「そうか。良かったな」

仁は軽く笑って、ぽんと美空の頭を叩く。嬉しさと気恥ずかしさで、美空はむずむずした。

百八十を超える長身と鋭い目つきのため、一見怖い人に見えがちな仁だが、実際は面倒みの良い優しい人物だ。仁が文句なしの人格者なのは、母親である律の厳しい教育と、幼馴染である貴海によって培《つちか》われた忍耐力の賜物《たまもの》だと、美空は密《ひそ》かに思っている。

「美空の何分の一かでいいから、お前にも謙虚さがあればな」

ぺろりと菓子パンを食べ終えた貴海を見て、仁は呆れたように言う。幼馴染の眼差しを受け、貴海は破顔した。

「僕は美空の何倍も、素直さを持ち合わせているからいいんだよ」

「そういう態度が図々しいんだよな」

短く息をつき、仁は貴海の対面のソファに腰を下ろす。コーヒーを一口飲み、貴海は小首を傾げた。

「それより仕事は大丈夫？　職場で問題でもあった？」

「いや、大したことじゃない。菊地《きくち》が張り切ってるし、オレが出るまでもないだろ」

「ふうん。菊地くんが張り切ると、あらぬ方向に物事が転がりそうな気がするけどなあ」

貴海の笑いを含んだ言葉に、美空は心の中で同意した。菊地健吾《けんご》は仁の会社の後輩で、美空も見知った相手だ。決して悪い人ではないのだが、やる気を出すと空回りを繰り返す少々厄介な性質の持ち主で、時と場合によってはトラブルメーカーに成り得るのである。

「そういえば仁ちゃん、今日はずいぶん早いよね」

貴海の横に座り、美空は口を開いた。仁は仕事が多忙なため、通常、美空の帰宅より早く安住家に来ることはない。

「今日は一件アポがキャンセルになったんだ。それで上司にたまには早く帰れって言われてさ」

「そっか。でもそんな時くらい、ゆっくり休んだ方が良かったんじゃない？　家に来てくれて私は嬉しいけど、兄さんと一緒だと我が儘ばかりで疲れるでしょ」

「美空はわかってないな」

自身への評価が不満だったのか、仁に代わって貴海が口を挟んだ。

「親しき仲でも礼儀が無用だからこそ、僕と仁の関係は楽なんだよ。一緒にいても、お互い全く気を遣う必要がないからさ」

「いや、お前はもう少しオレに気を遣え」

「今更無理だよ。それに仁だって僕には気を遣わないし、遠慮もしないじゃん」

「お前に遠慮なんてしていたら、オレの人生と財布が確実に破綻《はたん》するからな」

「大丈夫。僕と仁の付き合いは一生ものだから、どっちも破綻させないよ」

「元凶が、偉そうなこと言ってんじゃねえ」

長い足を伸ばし、仁はがつっと貴海の座ったソファを蹴る。先を越された美空は、つっこみのための右手をそっと下ろした。

「ごめんね、仁ちゃん。兄さんがいつもこんなで」

せめてもと思って美空が詫びを口にすると、仁は苦笑した。

「別に美空が謝る必要はないだろ。それから今日は貴海じゃなく、美空に会いに来たんだよ。おふくろの依頼を受けて、相当プレッシャーを感じてるんじゃないかと思ってさ」

あまりに的確な指摘に、美空はぎくりとする。仁は続けた。

「別におふくろみたいに、一人で場を取り仕切ろうとする必要はないからな。向こうの方が人生経験も、踏んだ修羅場の数も圧倒的に上なんだしよ。当日はオレもいるし、瀬崎も来るんだろ？　協力すれば何とかなるから、美空一人で気負いすぎるなよ」

「うん、ありがと」

優しい励ましに、美空は目を潤《うる》ませた。本当に仁は、なぜこんなに人間ができているのだろう。

「じゃあ話がまとまったところで、夕飯にしようか」

場をまとめるように、貴海が手を打った。食欲全開の兄を、美空はじろりとにらむ。

「兄さんは、なんでそうなのよ」

「まだ先の未来を考えて、深刻になったって仕方ないだろ？　それより今は目の前の食事だね。腹が減っては戦《いくさ》はできぬって言うしさ」

「戦って、別に兄さんは戦わないじゃない……」

どこまでもマイペースな貴海が、ある意味羨《うらや》ましい。疲労感を覚え、がくりと美空は肩を落とした。

3

そして迎えたバレンタインデー当日。

本堂前で一人、最後のイメトレをしていた美空は、貴海の言葉に凍りついた。

「仁ちゃんが、来られない……？」

「さっき連絡があったんだよ。仕事でトラブルがあったみたいでさ」

バレンタインデー仕様の正装のつもりか、貢物《みつぎもの》の法衣《ほうえ》と袈裟《けさ》を身につけた貴海はあっさりと答える。

「まあこの前の時点で、なんとなく危険な感じはしてたけどね。菊地くんががんばっても限界があるし、仁はいざって時は頼りにされちゃうからさ。幼馴染が万能で、引く手数多《あまた》なのも困るよなあ」

「仁ちゃんが、来られない……」

貴海の軽口に応じる余裕もなく、美空は繰り返しつぶやいた。大きな支えを失ったかのように、足元がグラグラする。

「大智にはもう話してあるからね。予定通り、九時になったら開門。それまで僕はもう一休憩しているから、後はよろしく」

動揺する美空をよそに、貴海は自宅へと戻っていく。代わりに現れた大智は美空を見て、頬を引きつらせた。

「なんだよ。この世の終わりみたいな顔して」

「だって仁ちゃんが来られないんだよ……？」

三度目の同じ言葉を口にすると、さらに気持ちが落ち込んだ。泣きたい気分で美空は続ける。

「仁ちゃんは高校時代、空手で全国大会に出場した強者なのに……。そんな最大の攻撃力と守備力を兼ね備えた仁ちゃんが、戦線離脱するなんて……」

「お前はいい加減、物理的な戦いから離れろよ」

呆れたように大智は息をつく。

「確かに陸箕さんの不在は痛いけど、オレもいるし何とかなるだろ」

「ううう……」

頭を抱え、言葉にならない呻《うめ》き声《ごえ》を美空は発する。若干引き気味の表情で、大智は美空の肩を摑んだ。

「とりあえず落ち着け。陸箕さんが来ないのは、貴海さんがこっちは大丈夫だって言ったからだ」

「……どういうこと?」

ぐすっと鼻を鳴らし、美空は尋ねる。

「さっき偶然、貴海さんが陸箕さんと電話で話していたのが聞こえたんだよ。こっちはお前とオレに任せておけば平気だから、心配せずに仕事のトラブル片づけてこいって」

軽く美空の肩を叩き、大智は手を放した。

「オレが見る限り、貴海さんは頭がいいし、危険察知能力が高い。だから自分の身が本当に危ないと判断した時は、躊躇《ちゅうちょ》なく陸箕さんを呼び出すだろ？　それで陸箕さんは貴海さんが本当にヤバい時は、絶対に駆け付ける。長年の経験で、お互いにボーダーラインがわかってるっていうか、暗黙の了解って感じでさ。そんな二人が両方とも、オレたち二人に任せて大丈夫だって判断したんだ。信頼されてるってことじゃねーの？」

「信、頼？」

大智の言葉に、美空は顔を上げた。

「私、兄さんと仁ちゃんに信頼されてるの……？」

「と思うけどな、オレは」

さらりと大智は告げる。美空は大きく息をついた。

『できるかどうかではなく、やってもらわなければ困ります。これは「お願い」ではなく、「依頼」なのですから』

厳しい声とともに、律の言葉が甦《よみがえ》る。律の信頼を勝ち得るためにも、この勝負を降りるわけにはいかない。

「瀬崎くん、私、玉砕覚悟でがんばるよ」

「いや、普通にがんばれよ」

美空が拳を握ると、大智は冷静に返す。長い一日が、始まりを告げた。

午前九時五分前、晴安寺正面門から本堂へと続く石畳の道の上で、美空は深呼吸を繰り返していた。

いつもはとっくに開いている門だが、今日は未だ閉ざされたままだ。これは貴海へのチョコの受付時間が九時から五時までと決まっているためで、それ以前の侵入者を防ぐためのバレンタインデーのみの特別措置である。

「あと五分だな」

美空の心を読んだかのように、大智が隣に並んだ。

「まずは第一関門、ここを問題なく乗り切らねーと」

大きく頷き、美空は数十メートル先の門を見つめ、口を開いた。

「あそこが開いた瞬間、兄さんのファンが一斉になだれ込んでくる。しかも全員が兄さん目がけて猛ダッシュ。全ては兄さんに一番にチョコを渡した人に幸運が訪れるという、傍迷惑なジンクスのために」

「それ、誰が言い出したんだよ。完全に某神社の福男のパクリじゃねーか」

「パクリだろうと、間違いなく全員本気で『一番チョコ』を狙ってくるから。こっちも本気出さないと太刀打ちできない。律さんの注意マニュアルにも、『油断は最大の敵』って書いてあったし」

右の拳を左手の平に当て、美空は意気込む。不毛だな、と大智はぼやいた。

「じゃあオレは受付でスタンバイしてる。あんまり無茶するなよ」

軽く手を上げ、大智は長机の置かれた藤棚下へと歩いて行く。ちなみにバレンタインデーに受付を設け、来訪者の名前と住所、それから貴海へ渡した物を記帳して申告させるのは、律の案で数年前から始まった。ホワイトデーのお返しを円滑に済ませるためのデータ収集と、手作りチョコ等に妙なものを混入された際の犯人確保のためだ。

だが今日は律も、そして頼みの仁もいない。しっかりしなくてはと言い聞かせ、美空は本堂前に移動した。今日の主役である貴海は階段に腰を下ろし、のん気に伸びをしている。

「もし危ないと思ったら、すぐ本堂の中に避難して」

仁王立ちで前を見据えたまま、美空は背後の貴海に声をかける。貴海が了解と返すと同時に、ゆっくりと門が開き出した。門を開けているのは、普段寺の管理を任せている祖父の弟子である。

（さあ来い）

両足に力を込め、美空は前方に意識を集中する。開き始めた門の隙間から、徐々に人だかりが見えてくる。次の瞬間、熱気とともに一斉に女性陣がなだれ込んできた。

石畳を割らんばかりの足音をたて、悲鳴とも怒号ともとれる声を発しながら、集団は一直線に本堂に向かってくる。まるで野生動物の突進のような凄まじい迫力に、美空は心の中で絶叫した。

（怖い怖い怖い！）

しかし逃げるわけにはいかない。「一番チョコ」を決めなければ、彼女たちは止まらないのだ。腰を落とし、美空が迎え撃つ体勢に入った時、地を這うような叫び声が響き渡った。

「うおりゃあああっ！」

直後に集団の中から、抜群の跳躍力で一つの影が飛び出す。そしてビュンと音を立て、手のひら大の小箱が宙に投げられた。

「受け取れ安住貴海っ！」

小箱が貴海の手に収まると同時に、飛び出した人物は派手な音と共に本堂の階段に激突する。危険すぎる捨て身の特攻に、美空を始めとする全員が思わず動きを止めた。

「……獲《と》った」

しんと静まり返った空気の中、階段に手をつき、特攻者はよろりと起き上がる。

「今年の一番、オレが取った……っ」

感極まったように右手を突き上げる人物に、美空は呆然とした。目の前にいるのはスーツ姿の短髪の好青年。なぜ空回りが専売特許な菊地健吾が、この場にいるのか意味がわからない。

「何？　誰？」

「なんで男の人が？」

女性陣たちはざわめき出す。よくわからない男性に、狙っていた一番を取られたのだから当然だ。このままでは菊地の身が危ない。不満と剣呑《けんのん》な雰囲気が即座に広がるのを感じ、美空は声を発しようとした。するとなぜか集団が真ん中から二つに割れ、左右に分かれていった。

カツンカツンと鳴り響くヒール音。規則正しい足音と共に、集団の間にできた道を歩いてくる人物を見て、美空は目を丸くした。

「氷上さん？」

氷上紗妃《さき》は菊地と同じく仁の会社の後輩だ。以前に便利屋に仕事見習いの依頼をしたことがあり、束《つか》の間《ま》だが美空と仕事仲間だったことのある女性である。

圧倒的な美貌を持つ紗妃の登場に、警戒か気後れか、女性陣たちは距離を取る。本堂前で足を止めた紗妃に、菊地は誇らしげにVサインを見せた。

「やったぞ氷上！　一番チョコは取った！　これで仁さんに顔向けできる！」

「そうですね。お疲れさまです」

さらりと菊地を労《ねぎら》い、紗妃は視線を美空に向けた。

「宣言していただけますか？」

突然なことに頭がついていかない美空だったが、そこで己の役割を思い出す。美空は急いで菊地の手を取り、壇上に引っ張り上げて貴海の隣に並ばせた。

「今年の一番チョコは、菊地健吾さんです！」

「よっしゃっ！」

大きくガッツポーズをし、菊地は喜びを顕《あら》わにする。貴海はパチパチと拍手をした後、菊地の顔を覗き込んだ。

「おめでとう、と言いたいところだけど大丈夫？　鼻血出てるよ、菊地くん」

「え、マジすか」

階段にぶつかった際に負傷したのだろう。鼻下をこすった右手を見た菊地は、ぱちりと瞬きをした。

「あれ？　なんかオレ、意外にダメっぽい」

言うや否や、菊地は白目をむいてバタリと倒れ込む。無謀かつ勇気ある菊地の犠牲により、第一ステージは無事に終了した。


数十分後、晴安寺はそれなりに落ち着きを取り戻していた。

貴海ファンの女性たちも受付を済ませた順に、それぞれが持ち寄ったチョコや貢物を貴海に渡している。どうやら一番チョコを逃した悔《くや》しさは、昏倒《こんとう》した菊地を見ることで、幾分か緩和されたらしい。

　これなら少しくらい離れても大丈夫だろう。そう判断した美空は本堂の階段を下り、目を覚ました菊地と共に帰ろうとしている紗妃に声をかけた。

「二人が来てくれるなんて、驚きました」

　美空の視線を受け、紗妃は少し困ったように頭を下げた。

「むしろお騒がせしてしまったようで、申し訳ありません」

「そんなことないです。一番チョコは誰がとってもそれなりに揉《も》めるので、菊地さんで良かったと思います」

　復活した菊地は燈籠《とうろう》の石台に腰を下ろし、顎《あご》を上げて斜め四十五度上の空を見ている。鼻血は止まったが、未だ心配なのだろう。

「あの、もしかして今日来てくれたのは、仁ちゃんに頼まれたからですか？」

　ずっと気になっていたことを美空が尋ねると、紗妃は緩やかに首を振った。

「いいえ。話を聞いた菊地さんが、せめて一番チョコだけ取ってくると言ってきかなかったんです。もともとうちの課が抱えたトラブルを菊地さんがフォローしていてくれたのですが、彼の手だけでは負えなくなってしまって」

「それで仁ちゃんに援護要請を？」

「はい。上からの指示なんですが、自分が不甲斐《ふがい》ないからだと、菊地さんなりに責任を感じているようです」

「そうなんですね。私はてっきりまた、菊地さんが空回ったのかと……」

「最近の菊地さんは、抜きん出て実力を伸ばしていますよ。私も同期として、うかうかしていられません」

紗妃が菊地に向ける眼差しは、柔らかくて優しい。どうやら美空の知らないうちに、二人の関係性は良い方向に変化しているようだ。

「菊地さん、そろそろ会社に戻りますよ」

貴海に目礼し、紗妃は菊地に声をかける。すると菊地はふいっと横を向いた。

「オレにかまわず、氷上は先に行け」

唐突な拒絶に、紗妃の眉がわずかに寄る。自嘲気味に菊地は続けた。

「さっきの激突で、鼻だけじゃなく足もやっちまった。このままじゃオレは、お前の足手まといに」

「何を言っているんですか」

言葉を遮り、紗妃は菊地に歩み寄った。

「足は少し捻《ひね》っただけでしょう？　それに陸箕さんに一番チョコを取った報告をするまでが、あなたの役目です」

そう言って紗妃は菊地の腕を取り、傍らで支えるようにして立ち上がらせる。

「そもそもこういう時のために、一緒に来たんです。一人で格好をつけて、私の存在を無意味にしないで下さい」

責めるというより拗《す》ねたような口調で紗妃は告げる。さらに至近距離からの上目遣いに、菊地は一気に真っ赤になった。

「わかった！　オレは一人で大丈夫だから、とりあえず氷上は離れろ」

「わかっていません。手を貸すって言っているんです」

「だから大丈夫だって」

「大丈夫じゃありません。また鼻血出てます」

「マジか！」

ぎょっとした表情で上を向き、菊地は鼻をつまむ。即座に紗妃がティッシュを差し出した。

「菊地さん、子供みたいですね」

「情けねー……」

渡されたティッシュで鼻を押さえ、空を見上げて菊地はぼやく。その横顔を目にする紗妃がきれいに微笑むのを見て、美空は驚いた。かつて「氷の姫」と揶揄《やゆ》されるほど無表情かつ無愛想だった紗妃が、あの菊地に笑いかけるとは。

（まさかこれが、一番チョコの御利益……？）

二人を見送った美空は、信じられない気持ちで振り返る。貴海は相変わらずにこにこと、ファンたちからチョコを受け取っていた。

（いやいや、ないない）

頭を振って、美空は考えを打ち消した。もし万が一、本当に御利益があるというのなら、誰より自分があやかりたいものだ。


午前十一時半、迫りくる第二関門に、美空は息をついた。

「そろそろ昼飯だよな」

一旦、受付を締め切った大智が本堂前へとやって来る。

「昼食会は大広間でやるんだろ？　移動しねーと」

「うん。いよいよ『魔の大昼食会』が始まるんだよね。料理自慢の女の人たちによる、一番兄さんに気に入られる料理を決める戦いが」

もともと晴安寺では月に一度、檀家《だんか》の女性陣が手作り料理を持ち寄る昼食会、別名「貴海の餌付《えづ》け大会」が行われている。だがバレンタインデーに限っては、檀家以外の人たちも参加するため、より白熱した戦いとなるのだ。

「昼食会も、絶対に揉めるんだよね。メニューがかぶったとか、料理を食べる順番とか。皆で一緒に仲良く食べようっていう友愛の精神は、持ち合わせてないのかな」

「どう考えても無理だろ」

「そうだよね」

わかりきった答えに力なく返し、美空は本堂に一礼した後、大智と連れ立って大広間へと向かった。貴海は現在、昼食会用の衣装に着替え中だ。大方、心ゆくまで食べても苦しくないように楽な服装にするのだろう。

本堂から続く廊下を進み、美空と大智は大広間へと到着する。だが閉められた襖《ふすま》の向こうから、何やら言い争う声が聞こえてきた。どうやらすでに中に人がいるらしい。

「だから勝手に座らないでって言っているでしょう」

「なんでですか？　せっかく早く来たのに」

美空と大智は無言で顔を見合わせた。すでに席取り合戦が始まってしまっているではないか。

このまま回れ右をしたい気持ちを押し殺し、美空は襖に手をかけた。戦いの火種は早いうちに消さなければ。

「こ、こんにちはー」

無理やり笑顔を作りつつ、美空は襖を開けた。大広間には長机が五列平行に並んでいて、一番前の列に二人の女性がいる。四十代半ばのワンピース姿の女性と、二十歳前後の活発そうな女性だ。二人の視線が同時に突き刺さり、ひえっと美空は縮み上がった。

「あら、美空ちゃん」

瞬時に剣呑《けんのん》なオーラを消し、話しかけてきたのはワンピースの女性、坂下《さかした》千鶴《ちづる》だ。坂下一族は晴安寺の古くからの檀家で、それなりの発言権を持ち合わせた有力者である。よって美空にとって、千鶴は絶対に揉めたくない相手になる。

「今日、律先生はいらっしゃらないのね」

ぐるりと大広間を見渡して千鶴は言う。例年だと昼食前からすでに、律が番人のように鎮座しているからだ。

「はい。用事があって、来られないんです」

「あらそう。じゃあ今年は自由にしていいのね」

してやったりといった表情で、千鶴は一番前の中心席に腰を下ろす。勝手な振る舞いに、美空は顔を引きつらせた。本来、昼食会の席はくじ引きなのだ。律がいないからといって、ルールを無視しないで欲しい。

「どういうことですか?」

狼狽える美空より先に、若い女性が不満げな声を出した。どこかで見たことがあると思ったら、近所の蕎麦屋の看板娘である。

「あなたさっき、席はくじだから勝手に座るなって私に言いましたよね」

「例年はそうだったから、言ったまでよ。でも今年は違うみたいだし」

看板娘の非難に、千鶴は澄ました顔で応じる。

「そもそも前から席がくじ引きって、どうかと思っていたのよ。檀家でもない一般人が、くじ運だけで優遇されるなんておかしいでしょう？」

そこで千鶴は、ちらりと美空を見た。暗に檀家の人間を優遇しろと圧力をかけてきている。今まで律によって抑制されていた不満を、美空相手に吐き出すことにしたらしい。

（完全に、甘くみられてる……っ）

悔しさと情けなさで、美空はうつむいた。律がいれば、決してこんなことにはならないはずなのに。

（でも、ここで引いちゃダメだ）

律にもらった巻物には、檀家を相手にする時は慎重にと記されていた。バレンタインデーは晴安寺ではなく、あくまでも貴海がメインのイベントだ。よって檀家だからといって、貴海ファンの彼女たちを特別扱いする必要はない。ただし日頃の晴安寺にとって、彼女たちがどういう存在かを忘れてはいけないと。

（それに『一期《いちご》一会《いちえ》の心づもりで』だったよね）

達筆な律の筆文字を美空は思い出す。巻物を一読した大智によると、「一期一会」とは茶道に由来する言葉だそうだ。茶会に臨む時は、その機会は二度とない一生に一度きりのものと心得て、亭主も客も互いに誠意を尽くすという心構えを意味している。茶道の先生である律らしい言葉だ。要するに一度きりの今年のバレンタインデーにおいて、晴安寺を訪れた人には檀家も一般人も分け隔てなく、誠意を尽くして接するようにということだろう。

「あの、いいですか」

ぐるぐると思考が巡る頭を冷やすようなクールな声に、美空は顔を上げた。見れば廊下にいた大智が不機嫌な表情で、大広間に入ってくる。大智は美空の隣に並ぶと、憮然と千鶴を見下ろした。

「言っときますけど、今年も席順はくじですよ。陸箕さん親子がいないからって、あんまり勝手なことしないで下さい」

「なっ」

ストレートな物言いに、千鶴が目を見開く。美空は心の中で悲鳴をあげた。

「いきなり失礼ね。あなた、何なの？」

「オレは便利屋の助手で、今日はこいつのフォロー役です」

美空を指さし、大智はきっぱりと告げた。その堂々たる姿に頼もしさを感じ、美空は密かに感動する。

「だいたい席なんてどこでもいいですよね。昼食会中の移動は自由だし、肝心なのは料理なんだし」

「わかってないわね。席順は料理を食べる順番でもあるのよ。最初がいいに決まっているじゃない」

「それって順番が後の方だと、前の人たちと比較されるから嫌だってことですか？　要は自分の料理と腕前に自信がないってことですか？」

「おだまりなさい！」

　ばんと机を叩き、千鶴は立ち上がった。

「さっきから言いたいことばかり言って失礼ね！　どうせ台所に立ったことも、包丁も持ったこともない子どものくせにっ」

「そっちこそ失礼だろ。言っとくけどオレは、マイ包丁持ってるからな」

　千鶴の決めつけた発言がよほど頭にきたのか、大智はタメ口で反論する。包丁なんていつの間に購入したのかと、美空は若干引いた。

「あとオレは自分の腕と、今日の料理に絶対的な自信がある。だから席順なんて、どこでもかまわねーよ」

「はあ？」

　期せずして、美空と千鶴の声はきれいに重なった。聞き捨てならない宣言に、美空は大智に詰め寄る。

「ちょっと待って瀬崎くん、まさか兄さんに食べさせる料理作ってきたの？」

「料理勝負があるなら、参加するのが道理だろ」

「なんで対抗意識燃やしてるのよ……」

美空は泣きたい気分で頭を抱えた。あれほど戦いには参加しないと明言していた大智が、まさか武器持参で、自ら戦場に身を投じる気満々だったとは。

「要するに、あなたはライバルということね」

何をどう解釈したのか、千鶴は頷いた。

「こうなったらサシで勝負しましょう。あなたと私、どっちの料理が貴海くんの心を掴むか。負けた方はケジメとして、今後一切貴海くんに食べてもらう料理を作らないってことでいかが？」

「わかった。受けてたつ」

大智と千鶴の間で、バチリと火花が散る。なんでこんなことになるの。もはや止める術《すべ》もなく、美空は泣きたい気分で肩を落とした。

十分後、大広間は完全に大智と千鶴の戦いを見守る場となっていた。しかも続々と現れた昼食会の参加者たちは、檀家とそれ以外の一般人にきれいに二分化し、それぞれ千鶴と大智の後ろにセコンドのように付き従っている。これはもはやただの個人戦ではない。檀家VS一般人の仁義なき戦いだ。

（……もう嫌だ）

大広間の隅で膝を抱え、美空はクスンと鼻を鳴らした。どうすればこの場が収まるのか、考えても何も思いつかない。皆に誠意を尽くすどころか、戦意を増長させる最悪の展開になってしまった。

「あれ？　なんだか白熱しているなあ」

そこへ緊張感の欠片《かけら》もない貴海が現れた。ゆったりしたパンツにセーターと、ラフな格好だ。確実に食欲重視の服装である。

「それで？　どうしてこんな面白い展開になったわけ？」

「全く面白くないでしょ……」

笑いを噛み殺す貴海に、美空はげんなりした。この状況を楽しめてしまう神経が、理解不能だ。

「貴海さん」

代わりに大智が立ち上がった。

「勝手に決めて悪いんですけど、昼食会前にオレとこの人、勝負することになったんで」

「私と彼の料理、どちらが美味しいかをカミくんに決めて欲しいのよ」

負けじと千鶴も口を開く。ちなみに「カミくん」とは寺の息子らしからぬ貴海の愛称だ。

「わかりました。その勝負の判定、引き受けます」

貴海は笑顔で了承する。美空は慌《あわ》てて貴海の腕を引っ張った。

「簡単にOKしないで。負けた方は今後一切、兄さんに食べさせるための料理を作らないって言ってるのよ？」

「そうなんだ。まあ失うもののない勝負なんてないからね」

悟ったように言うが、貴海は食い気全開だ。後先を考えず、目先の食べ物と食欲を優先しないで欲しい。

貴海の許可を得て、すぐに対決の準備が始まる。美空が現状を受け入れられずにいるままに、二人は机に料理を並べた。

「先攻はどっち？」

貴海の問いかけに、大智と千鶴は顔を見合わせる。やがて千鶴が手を上げた。

「では私から」

そう言って千鶴は持参した二段重ねの重箱を前に押し出す。

「バレンタインデー特製、スペシャル細工寿司よ」

蓋《ふた》を開けると、周囲がどよめいた。重箱の一段目には握り寿司が、二段目には巻き寿司が並べられている。握りはただの寿司ではなく、マグロやイカなどのネタに包丁で細工を施し、花や鶴などをかたどった創作寿司だ。そして巻き寿司も、幾何学模様やハート形がきれいに作られている。ネタの豪華さに加え、見た目の美しさも文句なしの逸品だ。

（これは、すごい）

千鶴の腕前に、美空はおののいた。自ら大智にサシの勝負を持ちかけるだけあって、千鶴は相当な実力者だ。たとえマイ包丁を持っていようとも、まだ料理歴の浅い大智が敵《かな》う相手とは思えない。

「それでは、いただきます」

大広間にいる全員の視線を受けながら、貴海は握り寿司を口に運ぶ。よくこんな状況で食べ物が喉《のど》を通るなと、美空は半ば感心し、半ば呆れて兄を見た。

「うん。ネタとシャリのバランス、味も秀逸。これは絶品ですね」

寿司を頬張りながら、貴海は顔を綻《ほころ》ばせる。それを見た女性陣が一斉に溜息をついた。貴海は料理を食べる際、本当に満たされた幸せそうな表情をするのだ。この顔が見たくて、彼女たちは毎度腕をふるった料理を作ってくるのに違いない。

貴海の反応に勝利を確信したのか、千鶴は余裕の笑みを見せる。面白くなさそうな表情で、大智は口を開いた。

「じゃあ後攻はオレで」

大智が出したのは、パスタと骨付き肉が載った大皿だ。

「手打ちパスタ、魚介五種のペスカトーレに、スペアリブの赤ワイン煮」

エビや貝の載ったパスタは、イタリア料理店で出されるような見事な出来栄えだ。そしてよく煮込まれたスペアリブの食欲をそそる匂いに、後ろのセコンドたちから感嘆の声が上がり、勝ち誇っていた千鶴も微妙な表情になった。そんな中、美空は一人、驚愕の目で大智を見つめる。

（……手打ち？）

大智はさらりと口にしたが、聞き逃せない事実だ。パスタの麺って、自分で作れるものなの？

（それにどっちも、初めて見る料理だし……）

時折作ってもらう晩御飯に、目の前の二品が並んだことはない。そうなると今日のために新作料理に挑戦し、人前に出せるレベルに仕上げてきたことになる。まだ料理を始めて数ヶ月にもかかわらず、まるでどこかで修業でもしたような、この上達ぶりは何なのだろう。

「ではこちらも、いただきます」

再び手を合わせた後、貴海はペスカトーレとスペアリブを順に口にする。皆が息を詰めて見守る中、貴海は満足げな笑顔を見せた。

「うん。パスタの食感に茹で具合も文句なし、ソースも具材も抜群に美味しい。スペアリブの柔らかさと味付けも上々。こっちも間違いなく絶品だね」

貴海の笑顔に女性陣の心が打ち抜かれる中、大智が密かにガッツポーズするのを美空は見逃さなかった。今日この場に何をしに来たのかと、心の底から問い詰めたい。

「カミくん、そろそろ判定してもらえるかしら」

覚悟を決めたように千鶴は言う。大智は神妙な顔で黙ったままだ。ふいに訪れた緊迫感に、美空は両手を握り締めた。

そもそもこの勝負、最初から大智が不利なのだ。檀家の有力者である千鶴と、一介の高校生である大智。晴安寺の今後を考えれば、どちらを重要視すべきかは明らかなのだから。

（もし瀬崎くんが負けたら）

大智の横顔を見ながら、美空は考えた。きっと貴海だけでなく、美空も大智の作った料理を食べることはできなくなるだろう。大智の性格上、一度決めたことは守るだろうし、もしかすると一切料理をしなくなってしまうかもしれない。

（それは……嫌だな）

今まで過ごした時間を思い返し、美空はしんみりした。どうやら三人での食卓は美空にとって、思った以上に大切なものらしい。

「では判定します」

貴海の声に、美空ははっとした。大智と千鶴、それぞれのセコンドたちも固唾《かたず》を飲んで次の言葉を待っている。貴海は皆の顔を見渡した後、にこりと笑った。

「結果は引き分け。勝者も敗者もなし」

大広間にざわめきが広がる。千鶴が戸惑ったように声を上げた。

「カミくん、それはダメよ。納得できないわ」

「納得して下さい。判定は僕に一任されたんですから」

千鶴を見つめ、貴海は柔らかく微笑む。

「勝つもの怨《うら》みを招かん。他に敗れたるもの苦しみて臥《ふ》す。されど勝敗の二つを棄《す》てて心静かなる人は起居《ききよ》ともに幸いなり。勝敗にこだわって誰かが不幸になる結末を、僕は望んでいません」

真正面から貴海の視線を受け、千鶴の顔がみるみるうちに赤くなる。やがて千鶴は消え入りそうな声で言った。

「カ、カミくんがそこまで言うなら、引き分けでいいわよ」

「ありがとうございます。大智は賢いから、僕の言うことわかってくれるよね?」

貴海の問いかけに、大智は諦めたように頷いた。

「貴海さんが決めたことなら、オレは文句ないです」

「ありがと。大智のそういう素直なところ、僕は美点だと思っているよ」

にこりと貴海に笑いかけられ、大智はまんざらでもない表情をする。大智は貴海の褒め言葉に、これ以上なく弱いのだ。なんとなく面白くなくて、ちょろ過ぎる、と美空は心の中で毒づいた。

「少し遅れましたが、昼食会を始めます。席順はくじだよね？　美空」

話を振られ、慌てて美空は頷く。貴海は続けた。

「順番の早い遅いはあっても、僕は全員の料理をいただきます。美味しい料理は、楽しく食べるのが一番。これを機会に、皆さん交友を深めて下さいね」

貴海がにこやかに告げると、その場にいる全員が「はい！」と良い返事をした。くじの入った箱を持ち、美空は脱力する。最終的に笑顔と言葉で皆を丸め込む。これを詐欺と言わずに、何と言うのだ。

女性陣が次々とくじを引き、席についていく。そんな中、すでに貴海に料理を食べさせた大智と千鶴は、なぜか互いの料理を試食し合っていた。

「あら、今時の料理男子もなかなかやるわね」

「やっぱベテラン主婦は侮《あなど》れねー」

どうやら互いに好敵手と認め合ったらしい。大智はこの上なく真剣な顔で、千鶴に包丁使いについて質問をしている。

（そういえば私のお昼ご飯って、どうなっているんだろ）

空《から》になったクジ箱を手に、美空は大広間の隅で途方に暮れた。女性陣は皆、貴海に料理を食べさせることで頭がいっぱいだ。これだけたくさんの料理が目の前にあるのに、美空が自由に手をつけることは許されない。まるでお預けを喰ったような気分でいると、ぐうっと悲しげにお腹が鳴った。

4

午後四時を過ぎると、徐々に来訪者たちもまばらになり始めた。ようやく見えてきたゴールに、美空はなけなしの気力を振り絞ってデジカメのシャッターを押す。

「はい、撮れました」

「ありがとー」

美空からデジカメを受け取った女性は貴海との記念写真をチェックし、満足げだ。軽く咳払いをし、美空は口を開いた。

「あの、念のために言っておきますが」

「大丈夫。SNSにあげたりしないよ。これ以上、カミくんのファンが増えても困るし、ストーカーみたいなのが発生すると大変だもの」

理解ある言動に、美空はぺこりと頭を下げた。晴安寺を出た後のファンたちの行動は、各々の責任と良心に任せるしかない。

（残り四十分か）

腕時計に目を落とし、美空は一息ついた。そこへ大智のいる受付を終えた女の子二人がやって来た。檀家である岸田《きしだ》家の小学生姉妹、花梨《かりん》と桃果《ももか》だ。

「こんにちは、美空ちゃん」

貴海にチョコを渡した姉の花梨は、頬を紅潮させたまま美空に挨拶をした。今日のためにオシャレをしてきたのだろう。可愛らしいピンク色のワンピース姿に、美空の口元も自然と綻ぶ。

「こんにちは。今年はお母さんと一緒じゃないんだね」

ざっと目を通した受付台帳によれば、小学六年生の花梨はまだ幼稚園児の頃、母親と一緒に晴安寺を訪れ、貴海にチョコを渡していたはずだ。

「ママは今日、忙しくて。代わりに桃と来たんだよ」

花梨に名を呼ばれた桃果はビクリと身体を固くし、姉の背後に隠れる。活発で明るい姉の花梨に対し、まだ一年生の妹の桃果は引っ込み思案のようだ。

「ねえ美空ちゃん、仁くんはどうしたの？」

境内を見渡し、花梨は尋ねる。どうやら例年見かける仁がいないことが不思議らしい。

「仁ちゃんは急なお仕事で、今日は来られないんだ」

「えっ？」

とたんに花梨は顔色を変えた。予想外の反応に、美空も驚く。

「花梨ちゃん、仁ちゃんに用だった？」

「えっと、実はその」

視線を足元に落とし、花梨は口ごもる。やがて意を決したように花梨は美空を見上げた。

「あのね、さっき晴安寺のそばで、怪しい男の人を見たの。マスクして、帽子被って、顔はよく見えなかったけど、ぶつぶつ一人でしゃべってた。貴海くんの名前とか、絶対に許さないとか。これって、危ないと思わない？」

花梨の言葉に、桃果が不安げな顔をする。妹の手を取り、花梨は続けた。

「だからね、仁くんを呼んだ方がいいと思うんだ。仁くんがいれば、どんな人が来ても貴海くんを護ってくれるでしょ？」

力強く花梨は言い切る。どうするべきか、美空は逡巡した。

数多くの女性ファンを持つ貴海は、同時に数多くの男性から目の敵《かたき》にされがちだ。単なるやっかみの場合もあれば、一方的に恋敵に認定されることもある。また貴海が原因で片思い中の女性に見向きもされなかったり、恋人にフラれしてしまったりすると、さらに厄介だ。怒りと恨みの矛先を貴海に向け、危険な報復手段に出たりする輩《やから》もいる。そしてそんな貴海の危機をことごとく防いできたのが仁なのだ。

（……どうしよう）

貴海は記念撮影の真っ最中だ。もし花梨の話を告げたなら、貴海は仁に助けを求めるだろうか。

『信頼されてるってことじゃねーの？』

ふいに朝、大智に言われたことが甦った。その時点で、美空の心は決まる。

「今日は仁ちゃんに頼らずに、私ががんばらないといけないの。だから仁ちゃんは呼ばない。大事なお話、教えてくれてありがとう」

花梨の不安を消すため、美空はできる限り明るい声を出した。だが目線を合わせて告げても、花梨の表情は晴れない。

「……わかった。でも心配だから、私と桃も最後までここにいるね」

そう言うと花梨は桃果の手を引き、本堂前から離れ、燈籠の石台に二人で腰を下ろす。不審者を見かけた以上、貴海の無事を最後まで確認しないと心配なのだろう。絶対に何事もなく一日を終えなければと、美空は改めて気を引き締めた。


それから数分後、最初に異変に気づいたのは大智だった。

「なあ、さっきから妙なやつがいるんだけどよ」

仕事はもうないと判断したのか、受付から本堂前に移動した大智は、美空相手に声を潜《ひそ》めた。

「手水場《ちょうずば》に男が一人立ってるだろ？　ずっとあそこにいて、動かないんだよな。誰かの連れってわけでもなさそうだし」

さり気なく美空が手水場に目をやると、確かに柱の陰に男が立っている。しかも花梨の目撃談通り、帽子とマスクで顔を隠しているではないか。

「私、ちょっと見てくる」

腹を決め、美空は足を踏み出した。徐々に縮まる男との距離に鼓動が速まる。あまり近づきすぎるのも危険だと判断し、美空は一メートルほど離れた場所で立ち止まった。

美空の視線を受け、男は居心地が悪そうに身体の向きを変える。その拍子に男が腕の下に、小さなビデオカメラを構えているのに美空は気がついた。

「それ、隠し撮り？」

思わず声を出すと、男はぎくりと身体を固くする。美空は一歩、男に詰め寄った。

「何を撮っていたんですか？　あなた、うちの兄の」

「すみません！」

美空の質問を遮り、男は慌てて身をひるがえした。伸ばした美空の手は、すんでのところでかわされる。逃がしてたまるかと、美空も直後に駆け出した。

「ストップ！　止まって！」

男の先回りをし、美空は門前で両手を上げる。このままどこの誰かもわからない不審者に、隠し撮り映像を持ち逃げされるわけにはいかない。

憤怒《ふんぬ》の表情で構える美空に恐れをなしたのか、男はくるりと方向転換をした。そのまま石畳の道を駆け、本堂へと向かっていく。本堂前にいた女性が短い悲鳴を上げた。花梨が立ち上がり、桃果を護るように背に隠す。珍しく焦った表情の大智が貴海の前に出るのを見た瞬間、美空の中で理性が断ち切れた。

「だから止まれって言ってるでしょうがっ！」

怒鳴ると同時に走り出し、狙いを定めて美空は地を蹴った。ホップ、ステップ、ジャンプの後、空中で反転し、不良時代に極めた必殺技の回し蹴りを繰り出す。

「うわあああっ」

だが再びすんでのところで、男は蹴りを回避する。着地を決め、ちっと美空は舌打ちをした。よろめく足取りで逃げる男の手には、未だしっかりビデオカメラが抱えられたままだ。

男は本堂前を抜け、そのまま左手へと向かう。美空は焦った。奥の墓地へと逃げ込まれたら、捕まえるのが難しくなってしまう。

何としても境内で片を付けなければ。体勢を整え、美空が男を追おうとした時だった。

バシャンと足元に水を撒《ま》かれ、男は急停止した。

「まったく、騒がしい」

姿を現したのは、千鶴だった。左手に木おけ、右手には柄杓《ひしゃく》を持っている。

「この先は故人が眠る場所よ。部外者は引きなさい」

びしっと柄杓を突き付けられ、男は後ずさる。逃げ場を探すように視線がさ迷うが、いつの間にか門前には、決死の形相《ぎょうそう》の女性陣が並んでいる。やがて観念したのか男は肩を落とし、その場に膝をついた。

「とりあえず没収します」

「ああっ、それだけは……」

美空がビデオカメラに手をかけると、男は情けない声を出す。しかし美空が軽くスニーカーで地面を蹴ると、急に大人しくなった。

「ありがとうございます」

ほっと息をつき、美空は意外な協力者に礼を述べた。千鶴は笑顔で手を振る。

「別にいいのよ。結果的にカミくんと晴安寺を護れて良かったわ」

千鶴は勝ち誇った笑みを大智に向ける。相変わらずのライバル視に、溜息混じりで大智は言った。

「……まだいたんですか」

「当然でしょ？　バレンタインデーはカミくんだけじゃなく、ご先祖様にも会いに来る日って決めているのよ。なんと言っても私は晴安寺の檀家ですから」

柄杓片手に千鶴は胸を張る。要するに昼食会後、墓参りをしていたということか。

「それで？　この人はどうするの？」

千鶴は冷たい目で男を見下ろす。男はうつむいたまま、身体を小さく丸めた。そこへ軽やかな足取りで貴海が近づく。

「後はこちらで対処します。皆さんにこれ以上、ご迷惑はかけられませんので」

にこりと笑い、貴海は千鶴だけではなく、境内にいる女性陣全員を見渡した。

「友愛、親好は天地の道。万物の情。天地の間、この事ありこの物ありて、或《あ》いは各々相応し、或いは相制する。皆さんがいたからこそ、僕の今日という一日が無事に成り立ちました。ご協力とご厚情、心から感謝いたします」

胸に手を当て、恭《うやうや》しく貴海は頭を下げる。張り詰めた空気を一気に溶かすような優美な仕草に、女性陣は顔を赤らめ、感嘆の息をついた。本日何度目かの光景に、デジャブかなと美空は遠い目をする。

（でも、そっか）

貴海に見送られ、千鶴を始めとする女性陣は笑顔で晴安寺を後にする。そこで美空は気がついた。貴海が無駄に気負うことなく自然体だったのは、最初から今日一日を、皆の助力を得て乗り切るつもりだったためだ。求めれば手を差し出してくれる人たちが、これだけ数多くいたのだから。

（……なんだかな）

急に肩の力が抜け、美空は空を仰いだ。少し悔しいと思ってしまうのは、貴海の信頼と期待を一手に引き受けたつもりでいたせいだ。自身の思い込みに苦笑しつつ、美空は立ち去る彼女たちの背に敬意と感謝を込め、深々と頭を下げた。

女性陣がいなくなると、貴海は境内に残された男に目を向けた。

「さて、そろそろ正体を明かしてもらえますか？」

しゅんと項垂れたまま、男は帽子とマスクを外す。現れた人物の顔を見て、美空は目を丸くした。なぜ、と問いかけようとする前に、背後で声があがる。

「パパ！」

燈籠の陰に隠れていた花梨と桃果が駆け寄ってくる。二人に向け、男は両手を広げた。

「花梨〜、桃果〜」

姉妹は勢いよく男に飛びつく。二人を抱き留め、男は肩を震わせた。何やら感動的なシーンに、美空は戸惑いつつ口を開く。

「ええっと、岸田さん……ですよね？　花梨ちゃんと桃ちゃんのお父さんの」

「はい、そうです」

両手に姉妹を抱え、岸田は首を縦に振る。

「花梨と桃果が心配で、こっそり様子を見に来たんです。ただ二人だけで行くと張り切っていたので、私がついて来ていることは内緒にしたくてこんな格好を……。不審者に思われても仕方がない。紛《まぎ》らわしいまねをして、すみませんでした」

「いえ、私こそすみません。いきなりその、け、蹴りを」

「いやいやいや、いいんです。いいんですよ」

顔を引きつらせながら、岸田は微妙に美空と距離を取る。回し蹴りの恐怖から、未だ解放されないらしい。

「じゃあこのビデオは？」

手にしたビデオカメラを大智が横から差し出すと、岸田は照れた笑いを浮かべた。

「それはせっかくだから、娘たちの勇姿を記念に残そうかと……」

「なんだよ。不審者じゃなく、単なる親バカか」

呆れたように息をつく大智を、美空は軽くにらんだ。いくら事実とはいえ、もう少しオブラートに包んだ言い方をして欲しいものだ。

「でもそうなると、花梨ちゃんが見た不審者は別にいるってこと？」

新たな事実に気づき、美空は眉を寄せる。すると花梨が勢いよく頭を下げた。

「ごめんなさい！　その話、嘘なの！」

花梨は両手でスカートを握り締めた。

「怪しい男の人なんて見てない。そんな人いない。全部、私の作り話」

「花梨ちゃん、どうして？」

「……仁くんに、来て欲しかったから」

美空の問いかけに、くすんと花梨は鼻を鳴らした。

「怪しい人がいるって言えば、仁くんは貴海くんを護るために、晴安寺に来てくれるって思ったの」

「つまり仁ちゃんを呼び出すために、不審者の嘘をついたってこと？」

「うん。適当に言ったのに、まさかパパが同じ格好してるなんて思わなかった。それでパパや皆を、怖い目に遭《あ》わせちゃうなんて……」

「お、お姉ちゃんは、悪くないよ」

うつむいた花梨の腕にすがりつつ、桃果が涙目で美空に訴えた。

「だってその嘘は、モモのためだもん。モモがチョコを渡せるように、仁くんを呼んでくれようとしたんだもん」

涙を堪《こら》え、桃果はつたない言葉を必死に繋《つな》ぐ。

「モモね、前に仁くんに助けてもらったことがあるの。それでお礼がしたいって言ったら、ママがバレンタインにチョコ渡したらって。だから、その」

「桃、一生懸命作ったんだよ。パパ以外の人にチョコ渡すの、初めてだし。すごくがんばってる桃を見て、応援しなくちゃって思ったの。だって私、桃のお姉ちゃんだもん」

「お姉ちゃん……」

花梨と桃果は顔を見合わせ、涙ぐむ。姉妹を見て、岸田は目元を拭った。

「すみません。実は私の仕事の都合で、来月から家族で海外に引っ越すんです。だから今年のバレンタインデーは特別で、二人には良い思い出を作って欲しいと……」

「パパー」

ぐすぐすと姉妹は岸田にすがりつく。涙にくれる家族に、美空は困り果てた。どうすればこの場を、円満に収めることができるだろう。

「花梨ちゃん」

状況を見守っていた貴海が声を出した。

「嘘なんてつかなくても、ちゃんとお願いすれば仁は来てくれるよ。仁は誰かの『お願い』に、めっぽう弱いからさ」

貴海はいたずらっぽく笑い、本堂に向かってパンと手を合わせた。

「ということで、出てきて下さい。お願いします」

するを閉ざされていた本堂の扉が、ゆっくりと開く。中から仁が現れるのを見て、美空は目を見張った。

「何？　どういうこと？」

「こういうこと」

美空の質問を軽く受け流し、貴海は仁に歩み寄る。

「本当に、幼馴染が万能すぎて、引く手数多なのは困るよなあ」

「……お前、完全に面白がってるだろ」

「まさか。僕はただ、花梨ちゃんのお願いを叶えただけだよ」

振り返り、貴海は花梨に笑いかける。花梨は仁を見て、ぱちぱちと瞬きをした。

「仁くん、本物？」

「うん。少し早いけど、今日のチョコのお返し」

そう言って貴海は仁を前に押し出す。花梨ははっとして、桃果に目をやった。

「桃、がんばって」

姉の激励に、桃果は頷く。そして紙袋を胸に抱え、一歩前に踏み出した。仁が膝を折って視線を合わせると、桃果は真っ赤になってうつむく。その一途で純真な姿に、美空は胸の中心がきゅっと締め付けられるような想いがした。

（初恋、なんだろうな）

チョコの入った袋を抱きしめる桃果に、幼い頃の自分が重なる。苦しいような切ないような、けれど甘くて幸せな感覚を、確かに美空は知っている。

『仁ちゃん仁ちゃん！』

バレンタインデーの終わりに、仁にチョコを渡すのは、美空にとって大切なイベントだった。

『これね、お母さんと作ったチョコ！　仁ちゃんにあげる！』

ぴょんぴょんと飛び跳ねながら渡すチョコを、いつも仁は笑顔で受け取った。ありがとな、と頭を撫《な》でてくれる手の優しさと温かさを、美空は今でも忘れない。

（初恋、だったんだよね）

当時は全く自覚がなかった。恋バナをする友達などいなかったのだから仕方がない。それに高校生になった今では、仁のことを家族のように想っている。感情の種類は変わったが、美空にとって仁は大切で特別な存在だ。

「えっと、あのね」

袋を抱え直し、おずおずと桃果は声を出した。

「前にモモが転んでケガをした時、仁くんが助けてくれて、家まで送ってくれたでしょ？すごく優しくしてくれて、すごく嬉しかった。お姉ちゃんやママは貴海くんがカッコいいって言うけど、モモは仁くんの方がいい。だって貴海くんがキラキラした王子様なら、仁くんは強くて優しい騎士だもん」

　赤らめた顔を真っすぐに上げ、桃果は袋を差し出す。

「そんな仁くんが、モモは大好き。だからバレンタインチョコ、もらって下さい」

「ありがとな」

　桃果から袋を受け取り、仁は手を伸ばす。頭を撫でられ、桃果は何度も頷いた。その背に勢いよく花梨が飛びつく。

「桃、よくがんばった！　偉いぞ！」

　ぎゅっと花梨に抱き締められる桃果を見て、美空は乾いた笑いを浮かべた。

（なんだろう……この妙な敗北感……）

　桃果に重ねていた幼い頃の自分が、風に吹かれて消えていく。小学一年生には思えないしっかりした告白をした桃果は、テンションだけだった過去の美空とは大違いだ。

「桃果……パパは嬉しいような、寂しいような、複雑な気分だよ……」

　声の方に視線を向けると、いつの間にか岸田がビデオを構え撮影していた。マジで親バカじゃねーか、と大智がつぶやく。あえて美空もつっこみは控えた。

「大丈夫。家に帰ったら、パパのチョコもちゃんとあるよ」

　ビデオを向けられた桃果は、あどけなく言う。岸田の肩が跳ねた。

「え？　そうなのかい？」

「ちょっと桃、それは秘密でしょ！」

人差し指を口に当て、花梨は頰を膨らます。ごめんねと言いつつも、桃果は笑顔だ。仲睦まじい姉妹の様子に、美空は自然と微笑んだ。

『別に男女に限ったことじゃないのよ』

ふいに思い出したのは、何年か前に母が告げた言葉だ。

『家族でも友達でも、それ以外でもなんでもいい。バレンタインデーは大切な相手に、普段言えない素直な気持ちを伝える特別な日なの』

そうだね、お母さん。美空は心の中で同意した。遠慮無用な幼馴染。仲の良い姉妹と、娘思いの父親。そして便利屋助手という名の心強い味方。いろいろな形で、それぞれに大切な人がいる。そんな当たり前のことに、改めて気づく。

（バレンタインデーも、悪くない……かな）

美空は空を見上げ、大きく伸びをした。午後五時、閉門。長い一日が、終わりに近づいていた。

5

境内から自宅の居間に戻ると、一気に疲労感に襲われた。ソファに身体を沈め、美空はほうっと息をつく。

「お疲れ、美空」

少し遅れてやって来た仁が、対面に腰を下ろす。美空は少し身体を起こした。

「ねえ仁ちゃん、いつから本堂にいたの？」

気になっていたことを尋ねると、仁は少々バツの悪い顔をした。

「三時過ぎくらいかな。一日かかるはずだったのに、思ったより早く仕事が片付いたんだよ。なぜか晴安寺から戻った菊地が神がかっていてさ。やることなすこと全て上手く運んで、気づけば全てが終わってたって感じだな」

「……へえ」

美空はそっと視線をそらした。菊地の活躍が一番チョコの御利益だったらと思うと、怖くて詳しく話を聞けない。

「でもそれなら、もっと早く出てきてくれればよかったのに」

「いや、美空と瀬崎が二人でがんばっていたから、オレが出るまでもないかなと」

「まあ瀬崎くんは、ちょっとがんばりすぎた気もするけどね」

昼食会を思い出し、美空は苦笑した。当の大智は和室で一人、受付台帳と貴海への貢物を照らし合わせている。どこまでも熱心な便利屋助手だ。

「あー、疲れた」

そこへルームウェアに着替えた貴海が入ってきた。大きく伸びをし、貴海は仁の隣に腰を下ろす。

「やっぱり楽な服装が一番だよなあ」

「お前、毎回そう言うよな」

「うん。毎回そう思うからね」

ソファの背もたれに首を預け、貴海は軽く笑った。

「それで律さんが毎回言うんだよ。服装の乱れは心の乱れですって」

「それで晴子さんが毎回言うんだよな。服装も心も、乱れたら直せばいいだけだって」

二人の会話を聞いていると、光景が目に浮かぶようだった。亡き母の屈託《くったく》のない笑顔を胸に、美空は口を開く。

「お母さんと律さんって、性格が真逆くらい違うのに、なんであんなに仲が良かったのかな。今考えると不思議な感じ」

「真逆くらい違うから、むしろ合ってたんだろ。おふくろは頑固で生真面目《きまじめ》だから、晴子さんみたいに大らかな人と一緒にいると、肩ひじ張らずにいられて楽だったんじゃないかな」

穏やかな声で仁が応じた。

「だからバレンタインデーは毎年、けっこう楽しんでたと思うぞ。年に一度の祭りみたいなもんだからな」

「え？　そうなの？」

意外な発言に美空は目を丸くした。

「でも律さん、すごくきっちり仕切っているよね？　受付とか昼食会とか、いろんなルールも細かく決めているし、お仕事みたいに思っていたんじゃない？」

「いや、どんな祭りにもルールが必要ってのが、おふくろの考え方だからな。むしろ祭りを楽しむためのルールだと思ってもいい。何よりバレンタインデーは一年に一度、おふくろが親友の晴子さんと一緒に、無茶をする特別な日だったはずだ。身近で見てきた息子のオレが言うんだから、間違いない」

その時、唐突に美空は思い出した。

『ねえ、お母さん』

台所で楽しそうに、鼻歌交じりで手作りチョコにデコレーションをする母の姿。

『そのチョコ、誰にあげるの？　お父さんと、お兄ちゃんと、それと』

弾《はじ》かれるように美空は立ち上がった。胸に生まれた想いが、新たな一歩を踏み出せと美空を急かす。

「……行かなくちゃ」

「美空」

つぶやいた美空に貴海が声をかけた。

「僕は仁と半分コでいいよ」

「わかった。いってきます！」

大きく頷き、美空は居間を駆け出した。バレンタインデーは、もうしばらく終わらない。


住宅街の道を、一心不乱に美空は駆ける。なぜ忘れていたのだろう。とても大切なことだったのに。

（私、バカだ）

依頼を受けた時、律の期待に応えることで頭が一杯だった。自分のことしか考えていなかった。その他のことは、何も見えていなかった。

あの日、律はどんな気持ちでいたのか。晴子のいない家に、何を思ったのか。もう二度と戻らない特別な一日と、どうやって決別するつもりでいたのか。

『一期一会の心づもりで』

律にもらった巻物の言葉が、今更ながらに胸に染みる。一生に一度の出逢い。共に過ごす唯一無二の時間。達筆な手書き文字に込められた真の意味と想いの深さを、美空は理解し、分かち合いたいと心から思う。

　陸箕宅に行くのは、本当に久しぶりだ。律はもう帰ってきているだろうか。そんなことを思った直後、曲がり角から現れた人影に、美空は急停止した。

「うわっ」

　勢い余り、美空は前につんのめる。転ぶと思って身構えた瞬間、腕を引かれ、なんとか持ちこたえた。

「相変わらず、元気がよろしいこと」

　礼を口にするより先に、聞こえた声。美空は姿勢を正し、相手と向き合った。

「り、律さん。おかえりなさい」

　タイミングが良いのか、悪いのか。自宅に行く前に、京都帰りの律に遭遇するとは。

「依頼は無事に済みましたか？」

　美空の腕を離し、律は尋ねる。美空は頷いた。

「はい。でも私一人じゃ力不足で、いろんな人の手を借りました。やっぱり私には、律さんの代わりは務まりません。だから来年からも用事がない限り、バレンタインデーには晴安寺に来て下さい」

　一つ息をつき、美空は持って来た紙袋の中から律に箱を差し出した。

「約束の代わりに、受け取ってくれませんか？」

　箱を見て、律は少し目を見開いた。

「もしかして、チョコレート？」

「はい。お母さんが毎年、律さんにあげていたのを思い出したんです。一年間の『ありがとう』と、これからの『よろしく』を込めた特製チョコだって」

一年に一度、大切な親友へ。それは晴子からのメッセージだ。

「お母さんが言ってました。バレンタインデーは大切な人に、普段言えない素直な気持ちを伝える日だって。それを思い出して、私も今日、律さんに伝えようって決めました」

真正面から律と向き合い、美空は告げた。

「私もう、律さんの前で無理はしません」

律が意外そうな顔をする。美空は続けた。

「情けないとこ、カッコ悪いとこ、無様なとこ、今まで以上に全部見せます。律さんは遠慮なく怒ったり、呆れたり、注意したりして下さい。褒めてくれなくていい。認めてくれなくていい。ただ私のこと、そばで見ていて下さい。お母さんの親友の律さんが見ていてくれれば、私、もっとがんばれます。成長できます。だから」

その時、ぽんと誰かに背を押された気がした。二月の寒空に相応《ふさわ》しくない優しい風に包まれ、美空は言葉を押し出す。

「来年もその先も、ずっと変わらずよろしくお願いします！」

勢いよく頭を下げると、律が小さく息を呑んだ。やがて軽くなった右手に、チョコを受け取ってもらえたのだと理解する。

「ありがとうございますっ」

「声が大きい。ご近所迷惑です」

顔を上げると同時に諭される。それがなぜか嬉しくて、美空は笑いを噛み殺した。

「あとさっきから気になっていました。コートのボタン、一つずつずれていますよ」

「え？」

どうやら慌てすぎて、ボタンを掛け違えていたらしい。あたふたと留め直そうとする美空の手を、律が制した。

「服装の乱れは、心の乱れです」

律は手際よく、美空のコートのボタンを下から順に留め直す。

「ただ服装も心も、乱れたら直せばいい。そう教えてくれたのは、あなたのお母さんです」

言葉に合わせ、順々にボタンが正しく留まっていく。律の指先を見つめながら、美空はなぜか晴子のことを思い出した。自分も不器用なくせに、楽しそうに美空の服を直していた母。美空は慌てん坊ね、と笑いながら。

「いつも真っすぐで、少しそそっかしくて、こちらが恥ずかしくなるくらいに素直で」

一番上のボタンを留め終えると、律は微笑んだ。

「本当にあなたは、晴子にそっくりね」

過去を懐かしむような、未来を望むような優しい瞳で。

「ありがとう、美空さん」

告げられた言葉を大切に胸にしまい、はいと美空は頷いた。

＊

帰宅後、律は茶室に入り、美空にもらった箱をあけた。中から出てきたのはデコレーションされたチョコレート。お世辞にも上手とは言えない不格好さに、思わず笑ってしまう。

「母娘そろって、どうしてこう不器用なのかしら」

懐かしさに、十数年前のバレンタインデーの記憶が甦る。あの日は朝から雪が積もり、まだ小学生だった貴海と仁が、二人でかまくらを作ると張り切っていた。

『今年も疲れたけど、楽しかったー』

本堂の階段に座り、息子たちのかまくら作りを目にしながら、晴子は笑った。膝の上では幼い美空が、すやすやと寝息をたてている。

『チョコの数、年々増えているわよね。貴海は我が息子ながら、本当に未知数だわ。将来どうなるのか、全く見当がつかない』

言葉の割に、晴子は楽しそうだった。律にとっては見慣れた光景だ。

『ただ一つだけわかっているのは、この先何年経っても、貴海と仁くんは仲良しってことよ』

かまくら作りから雪合戦に移行した二人に声援を送りつつ、晴子は続ける。

『だって私、魔法をかけたもの。貴海と仁くんがまだ赤ちゃんの時、眠っている二人の耳元で、「あなたたちは一生お友達」って、何度も繰り返したのよ』

それは魔法というより睡眠学習ね。律がそう言うと、晴子は夢がないとむくれた。

『けど本当はわかっているの。魔法なんて使わなくても、一生続いていくものはある。途切れても、一度終わっても、繋いでいこうという意志があれば』

優しく美空の背を撫でながら、晴子は微笑んだ。

『私は律っちゃんと、一生ものの友達でいたい。だから』

差し出されるのは、不格好なチョコレート。鮮やかな笑顔で晴子は言う。

『来年もその先も、ずっと変わらずよろしくね』

「ええ、こちらこそ」

律は微笑んで、もらったチョコレートを口にする。美空の手作りチョコを食べるのは初めてのはずなのに、それはとても優しく懐かしい味がした。

＊

晴安寺に戻った美空は疲れ切っていた。バレンタインデーを乗り切った上に、律に会うため陸箕家近くまで往復ダッシュしたのだから当然だ。

（足が重い……）

のろのろと美空は石畳の道を進む。すると自宅からコートを羽織り、荷物を持った大智が出てきた。

「瀬崎くん、帰るの？」

「おう。やるべきことは終わったからな」

大智は頷く。今日一日の彼の功績を思い返し、美空はぺこりと頭を下げた。

「いろいろと手伝ってくれてありがとう。瀬崎くんがいてくれて、本当に良かった」

「それはまあ、そのために来たんだし」

視線をそらし、大智は素《そ》っ気《け》なく告げる。美空は手にした紙袋のヒモを、ぎゅっと握り締めた。都乃と一緒に作ったチョコは三人分。さっき家を出る際、急いで全部を持ってきてしまった。

「あのね、瀬崎くん」

チョコの入った箱を取り出しながら、美空は口を開いた。その拍子になぜか、桃果の仁への告白を思い出す。しかもあの時感じた妙な敗北感も、しっかりと甦ってしまった。

（……なんて言って渡そう）

はたと美空は動きを止めた。今日のお礼、だけではいけない気がする。別に桃果に対抗意識を燃やしているわけではないが、何かもう少し気の利いたことを、感謝の気持ちが伝わることを口にしなければ。

「なんだよ」

大智は怪訝な表情で美空を見る。どうしよう。何か言わないと。だんだん速まってくる鼓動に押され、美空は一気にチョコを取り出した。

「これ、バレンタインデーチョコ、もらって！」

「うわ！」

勢いの余り、美空は箱を大智の喉元に突き付けてしまう。仰け反った大智を見て、しまったと思ってももう遅い。

「久しぶりの手作りで自信ないけど、私なりに頑張ったの！　今日のお礼と、日頃の感謝を込めて！」

言葉を繋ぐほどに、何かが足りない気がしてくる。焦った美空は、さらに付け足した。

「義理じゃなくて、本命だから！」

え、と大智がつぶやき、まるで時が止まったように固まる。大きくなった瞳に映る自分を見ながら、美空は力強く頷いた。

「だから本命の友チョコっ！」

「……は？」

「え？」

とたんに大智は眉を寄せる。美空はきょとんとした。

「ええっと、要するに今日のお礼と日頃の感謝を込めて手作りした、本命の友チョコです」

改めて言葉をまとめ、美空はチョコの箱を差し出す。大智は大きく息をついた。

「小学生以下かよ……」

「？」

大智のつぶやきが聞こえず、美空は首を傾げた。その手から大智は箱を受け取る。

「まあいい。これはもらっとく。感想はいるか？」

「できればお手柔らかに……」

「できればな」

ふんっと大智は鼻で笑う。これは厳しい評価がきそうだな、と美空は覚悟した。

「来年も呼べよ」

ふいに大智が言った。

「バレンタインデー、祭りは大勢の方が楽しいからな」

思いがけない発言に、美空は大智を見つめた。胸の奥からじわじわと、嬉しさが込み上げる。

「うん。わかった」

「あとホワイトデーは覚悟しとけ。実力差を見せつけてやる」

「うん。期待してる」

言葉を交わすたびに、約束が増える。明日が、未来が、楽しみに思える。

「じゃあ、またな」

「うん。またね」

足を踏み出した大智が、数歩進んだところで立ち止まる。

「美空」

振り返り、大智は笑った。

「便利屋助手も、悪くねーな」

晴れやかな大智の笑顔を見て、美空も微笑む。

「便利屋アルバイトも、悪くないよ」

大智を見送り美空が家に戻ると、中は静まり返っていた。不思議に思って部屋を覗いてみれば、貢物が積まれた和室で、貴海と仁が眠り込んでいた。

（こういうとこ、変わらないな）

並んで眠る二人の姿に、美空は苦笑した。思い返せばバレンタインデーの終わり、いつも全力を出し切った二人は、倒れるように眠っていた気がする。そしてそんな二人に風邪を引いてはいけないと、毛布をかけていたのは晴子だ。

（今日は私の仕事だね）

押入れから取り出した毛布を二人にかけ、やりきった気分で美空は息をついた。少し考え、最後のバレンタインチョコを二人の間に置く。

「よし」

これで全てが終わった。大きく頷き、美空は和室を後にしようとした。その時だった。

『美空』

吹くはずのない優しい風が、美空の背に触れた。

『今年も楽しかったわね』

そして聞こえるはずのない声が耳に届く。美空は振り向き、和室を見渡した。いるはずのない人の、面影《おもかげ》を探して。

ただの空耳かもしれない。記憶の中の声かもしれない。それでも今日はバレンタインデー。平凡極まりない晴安寺の、一年で一番の繁忙日。そんな日なら、何が起きてもおかしくはない。美空は笑顔で口を開いた。

「来年もよろしくね、お母さん」

もちろん応じる声はない。代わりに貴海がむにゃむにゃと、何やら寝言をつぶやいた。平和な日常の光景に、美空は笑みをこぼす。

「ハッピーバレンタイン」

眠りを妨げないように、美空は小声で告げた。今日という一日の終わりに、どうか甘くて幸せな夢を。

第二話

僕の歌をうたってください

1

バレンタインデーの熱気も治まり、平穏を取り戻した二月下旬。

土曜の夜、貴海《たかみ》と共に便利屋の依頼を終えた美空《みそら》は、住宅街から駅へと続く道を歩いていた。

「今日のブイヤベース、抜群に美味《おい》しかったなあ」

依頼人の藤木《ふじき》家を出てから、貴海はいつになく上機嫌だ。依頼である物置の不用品整理を終えた後、そのまま晩御飯をごちそうになったからである。ただ不用品整理はほぼ美空に一任され、その間に貴海は庭で藤木家の一人息子、昴《すばる》とのリフティング勝負に興じていた。なぜ二人で依頼に取り組む際、常に美空が労働担当で、貴海がサービス担当なのか、いまいち納得がいかない。

昴は小学四年生で、以前に便利屋で家庭教師の依頼を受けた際に知り合った。家族思いの素直で賢い子なのだが、貴海を「師匠」と呼んで慕《した》っているあたりが唯一、将来の懸念材料である。

「そうだ。せっかくだから、大智《だいち》に報告しようっと」

十字路にさしかかったところで、ちょうど目前の信号が赤になった。街灯の下、貴海は携帯を取り出し、鼻歌交じりで操作し始める。美空は呆《あき》れて眉を寄せた。

「なんでわざわざ煽《あお》るのよ。ただでさえ瀬崎《せざき》くん、恵《めぐみ》さんとの実力差を自覚してるのに」

昴の母親である恵は、料理上手な専業主婦だ。まだ料理歴の浅い大智が恵の腕前を認めていて、時折メニューの相談をしたり、調理のコツを聞いたりしていることは、周知の事実である。貴海の胃袋を摑《つか》むためとはいえ、マメなことだ。

そしてバレンタインデーの昼食会で出した料理を作るにあたっても、大智は藤木家に足を運び、恵の指南と特訓を受けていたらしい。そのせいで藤木家の夕食はしばらくパスタ続きだったと、昴が笑って暴露していた。貴海は恵の関与に薄々気づいていたようだが、大智の急激な上達ぶりに恐れおののいていた美空としては、妙に納得したような、安心したような気分だ。

「大智は負けず嫌いな上に、陰できちんと努力するタイプだからね。目標とする格上の相手の存在を常に意識させせた方が、より目覚ましい成長を遂げるんだよ」

携帯をいじり、大智へ送る写真をピックアップする貴海は実に楽しそうだ。ご機嫌な鼻歌は、よくよく聞けば某お料理番組のテーマ曲である。完全に遊ばれているな、と美空は大智に同情した。

「よし、終了」

貴海が携帯をしまうと同時、信号が青に変わる。てくてくと歩き出す貴海に、美空も続いた。

やがて駅の明かりが見えてくる。ほっとしたのも束《つか》の間《ま》、美空は背後からの妙な熱視線を感じた。それに、耳をそばだてれば二人以外にもう一人分、足音が聞こえる。しかも忍んでいるような、そろそろと歩く音だ。

（もしかして、つけられてる？）

さり気なく後ろを向くと、さっと人影が電信柱に隠れた。間違いない。いつの間にか、誰かに尾行されているではないか。

（やっぱり目当ては、兄さんだよね……）

いろいろな意味で腹立たしい現実に、美空は顔をしかめた。恵の車での送迎を断らなければよかったと、後悔してももう遅い。このまま真っすぐに進めば駅につくが、早めに手を打つのが賢明だろう。美空は貴海の腕を取り、とっさに道を左に曲がった。

「兄さん、こっち」

そのまま貴海を引っ張り、美空は走り出す。するとバタバタと焦《あせ》るように、足音が追いかけてきた。予想通りの展開に、次の角を曲がったところで美空は足を止める。すると振り向くと同時に、尾行者と鉢合わせる形になった。

「うわ！」

よほど驚いたのか、仰《の》け反《ぞ》った尾行者は勢いよく尻餅をつく。その拍子に背負っていた荷物がアスファルトに落ちかけ、ガシャンと音をたてた。

「うわあ！」

さらに驚いたのか、尾行者は背負ったものを慌《あわ》てて下ろす。街灯に照らされたそれは、黒いギターケースだ。

「しまった。やっちゃったか？」

ケースを開け、あたふたとアコースティックギターを取り出した尾行者の正体は、大学生くらいの青年だ。あちこちにはねるクセの強そうな黒髪以外、特にこれといった特徴のない、平凡な人物である。十人並みの容姿かつ同じクセ毛の美空としては、人畜無害な相手だと思いたい。

「良かった。やってない」

ギターが無傷であることを確認し、青年は大きく息をつく。

「助かった……。もし壊れでもしたら、修理に金がかかるし、そしたらバイト代なんてすぐに飛んでいくし、飯は一日一食だし、家賃は滞納するし、路上ライブどころじゃないし、やっぱり今日はついてるぞ」

ぶつぶつとつぶやいた後、薄《う》っすらと笑みを浮かべる青年に、美空は顔を引きつらせた。

（どうしよう。変な人かも）

立ち向かわず、振り切って逃げるのが正解だったか。じりじりと美空は、さり気なく後退する。その背後から、ぴょこっと貴海が顔を出した。

「美空、どんな状況？」

とたんに青年は、弾《はじ》かれたように顔を上げる。そしてギターを脇に置くと、その場で正座をし、ばしっとアスファルトに両手をついた。

「突然のお願いで、大変恐縮なのですがっ」

青年は決死の形相《ぎょうそう》で貴海を見上げ、言葉を押し出す。

「オレの歌、歌ってみてくれませんか？」


その後、美空は貴海と一緒に、駅前近くのレトロな珈琲店に腰を落ち着けることになった。それもこれも貴海が、

『立ち話もなんだし、とりあえず美味しいものが飲みたいなあ』

と言ったからである。そしてギター青年が、

『オレ、良い店知ってますよ！』

と案内したのが、今いるツバキ珈琲店だ。

木造の店内は橙《だいだい》色のランプに照らされ、温かな雰囲気だ。カウンターに五席、四人用のテーブル席が三つあるが、時間が遅いためか客はいない。マスターらしき初老の男性が

一人、カウンターの向こうで注文のコーヒーを淹《い》れている。

「お待たせいたしました」

やがてマスターが二つのカップと一つのグラスを運んでくる。自分の前に置かれたカップを見て、美空は目を輝かせた。そこには店名にちなんだのか、ツバキの花のラテアートが描かれている。

「すごい！　素敵！」

「年甲斐《としがい》もなく、お恥ずかしい」

穏やかに微笑《ほほえ》み、マスターは青年の前に水の入ったグラスを置いた。

「すいません。いつも」

青年が頭を下げると、マスターは軽く会釈をし、カウンターへと戻っていく。美空の視線を受け、青年はひらりと手を振った。

「オレ、贅沢する金持ってないからさ。それにマスターの淹れるものは、コーヒーでも水でも、なんでも美味《うま》いよ。ちなみにオレは去年の夏、熱中症になりかけたところを助けてもらって以来、何かと世話になってるんだ」

笑顔で告げられても、なんとなく心苦しい。美空はカップにかけた指を、さり気なく下ろした。

「うん。これは美味しい」

そんな空気をものともせず、さっさとコーヒーを口にした貴海は微笑む。

「ほのかな甘みと切れ味のよいコク。風味も豊かですね。それにオリジナルのラテアートもお見事です」

「ありがとうございます」

カウンター越しに、マスターは深々と頭を下げる。優雅にコーヒーを堪能《たんのう》する貴海を、美空は納得いかない思いで見つめた。毎朝、美空の淹れたコーヒーには大量の砂糖を投入するくせに、この差は一体何なのだ。

「そういえば自己紹介、まだでしたね」

そこで背筋を正し、青年は口を開いた。

「オレ、歩《あゆむ》って言います。佐渡《さわたり》歩。年齢は二十歳。バイトしながら、シンガーソングライターを目指す夢追い人です」

要するにフリーターか。言えない事実を美空は呑み込んだ。貴海はにこりと笑う。

「僕は安住《あずみ》貴海。便利屋の社長だよ。こっちは妹の美空。高校一年生で、便利屋アルバイト」

「え?」

目を丸くした後、歩は口元に手を当てた。

「今のはけっこう衝撃だぞ。便利屋ってのも、兄妹《きょうだい》ってのも、まさにダブルインパクト」

「あの、全部聞こえてますから」

美空はスッと目を細めた。

「それよりさっきの、どういうことですか？　兄さんに歌を歌って欲しいって」

「そうだ。うっかり本題を忘れるところだった」

危なかったと歩は胸を撫《な》で下ろす。さっさと会話を終わらせたかった美空としては、しくじった気分だ。

「オレはシンガーソングライターになるのが夢で、高校卒業後、オーディションを受けたり、路上ライブをしたり、ネットに動画を上げたり、地道に活動しています。でも悲しいことに、未だに結果は出ず。最近は思ったような歌も作れなくて、いわゆるスランプってやつに陥《おちい》っている最中なんです」

心許《こころもと》ないのか、歩は隣に置いたギターケースに触れた。

「このままじゃいけない。何とかして、現状を打破しないと。でも何をどうするべきか、全くわからない。そんな時、信号待ちで偶然、貴海さんを見かけたんです」

一度言葉を切り、歩は胸に手を当てた。

「よくわかんないけど、やられたって思いました。一瞬で胸のど真ん中を摑まれて、かっさらわれた感じで。街灯の下で歌を口ずさんでいる貴海さんが、スポットライトを浴びて、輝いているみたいに見えました。もっと貴海さんを見ていたい。歌が聴きたいって衝動を抑えきれなくて、気づけばオレ、後をつけていたんです」

　熱弁をふるう歩を、美空は驚愕の目で見た。あの某お料理番組のテーマ曲を歌う貴海に、何をそこまで感情移入できるのだ。

「それで瞬間的に閃《ひらめ》いたんです。貴海さんが歌えば、オレが作った歌にも皆が興味を持って、耳を傾けてくれるんじゃないかって」

「ストップ。待って下さい」

　美空は両手を前に出し、止まれの姿勢を取った。

「感動基準が大幅に低下するほど、歩さんがスランプなのはわかりました。でも歩さんの夢はシンガーソングライターなんですよね？　自分が作った歌を歩さんじゃなく、兄さんが歌っても意味がないんじゃないですか？」

「わかってる。だけど今のオレじゃ、ダメなんだ」

　視線を落とし、歩は表情を曇らせる。

「オリジナル曲を披露《ひろう》し出して、最初の頃は、ちゃんと手応えがあった。オーディションで最終選考まで残ったり、送ったデモテープにレコード会社の人が評価とアドバイスをくれたり。ネットでは中傷もあったけど、オレを応援してくれる人もいた。でもいつからか、何もなくなったんだ。オーディションでも、路上でも、ネット上でも、ただオレの歌は一方通行に流れていく。誰の耳にも止まらない。心に届かない。オレはここにいて、必死に声をあげているのに」

　強がるように、歩は笑顔を見せた。

「無視ってさ、ある意味で罵倒よりきついんだよ。何が悪いのか、どこをどう直せばいいのか。さっぱりわからないから」

「それでスランプに？」

「うん。歌詞が伝わりにくいのか。アレンジが単調なのか。いろいろ考えだしたら、なんか訳わかんなくなっちゃって。だからオレは今、できるだけ多くの人に、オレの歌を聴いてみて欲しい。そのために、貴海さんの力を貸して欲しいんです」

「ストップ」

　前のめりになる歩を、再び美空は押し止めた。

「確かに兄さんが路上で歌えば、バカみたいに人が、というか女の人が寄ってきて、歌を聴くと思います。でも」

「いいんだ。少なくとも観客がいれば、オレの歌への批評はもらえる。オレの歌を聞いた人が、どう思うか。今はそれがわかるだけでいい」

　美空の意見を最後まで聞かず、きっぱりと歩は言い切った。どうやら思った以上に、切羽詰まっているらしい。

「それにシンガーソングライターがアイドルとかに曲を提供して、ヒットした後、セルフカバーするってのは、よくあることだしさ。とにかくまず楽曲を聞いてもらわなくちゃ、何も始まらない。あ、ちなみにオレの歌は、こんな感じです」

そう言って歩は取り出した携帯の画面をタップする。再生されたのは、歩が歌っている動画だ。

（これは、なんと言うか……）

歌を聞きながら、正直なところ美空は反応に困った。シンガーソングライターを目指すだけあって、歩の歌はそれなりに巧《うま》い。メロディーも聞きやすく、歌詞もわかりやすい。よって指摘すべき明らかな欠点は見つからない。だが同時に心を掴む独創性やインパクトも見つからない。良く言えば万人受けする、悪く言えばありきたりな歌だ。

（確かにこういう感じの歌だと、聞き流されるかも）

美空は口にできない感想を心の中で述べる。動画再生を終えた歩は姿勢を正し、貴海に向き直った。

「これが今のオレの限界です。ここから一歩前に進むために、オレの頼みをきいて下さい。お願いします」

貴海に対して、歩は深々と頭を下げた。そのまま固くなった姿勢に、歩の本気度がうかがえる。どうするのかと美空がやきもきする中、貴海は口を開いた。

「うん。いいよ」

「え？」

美空と歩は同時に声を上げる。ただし美空は驚愕の、歩は歓喜のためだ。

「さっき言ったけど、僕は便利屋の社長だからね。歩くんのお願いは、依頼として引き受けることに決めた」

「貴海さん……っ」

感極まったのか、歩は涙ぐむ。

「初対面のオレの非常識な頼みを、こんなにあっさりと……。貴海さんはオレの恩人、いや、救いの神です」

両手を合わせ、貴海を拝む歩の姿に美空は狼狽《うろた》えた。今まで貴海を神格化する女性は多々いたが、男性でここまで入れ込むのは初めてではないだろうか。

「歩さん、冷静になって下さい。まだ何も始まっていないし、そもそも本物の神様は依頼料なんて取りませんよ」

「わかってる。依頼料という名の賽銭《さいせん》だろ？」

美空の苦言にも動じることなく、歩はズボンのポケットから財布を出そうとする。もうダメだ。立派な信者の誕生に、美空は打ちしおれた。

「ということで美空、今後のフォローはよろしく」

駄目押しのように、貴海は微笑む。

「美空は便利屋アルバイトで、社長の僕の決定は絶対だってわかってるよね？」

不条理な現実に、美空は項垂《うなだ》れた。そしてせめてもの抵抗に、無言でコーヒーを飲み干した。

＊

一人暮らしのアパートのドアを開けると同時、歩は靴を脱ぎ捨てた。電気をつけつつ、ばたばたと部屋の奥にあるカラーボックス前へと進む。音がうるさかったのか、隣の住人がドンと薄い壁を叩いた。すみませんと小声で告げ、歩はカラーボックスに手を伸ばす。

（どれにしよう）

取り出したのは五線譜の束。高校の時から書き溜めてきたオリジナル楽曲の数々だ。この中から貴海に歌ってもらう曲を、選ばなければ。

『歌唱力は未熟な部分もあるけれど、きみは良いものを持っているよ』

楽譜を見返す中で、かつて音楽関係者たちから言われたことが次々と甦《よみがえ》る。

『周囲と比べ、何が優れていて、何が劣っているか。自分の武器と弱点を知り、レベルアップして下さい』

告げられた言葉は、頭と心に刻みつけてある。次へと繋げるために、進化するために。

『チャレンジするのは悪くない。でももう少し実力に見合った、今のあなたが歌いこなせる曲を作らないと』

だから使用する音域を狭めた。詩に合わせた曲ではなく、曲に合わせた詩を書くようになった。

『メッセージ性はあると思います。でも独りよがりになっていませんか？』

誰もが共感できるテーマで。わかりやすい単語で。相手が読み取らなくても、伝わるように。

『もちろん独自の世界観は大切よ。だけど今流行の曲を頭に入れておくことも、同じくらい重要よ』

ヒット曲は言われなくても聴いている。好きな歌も、そうでない歌も。なぜ売れているのか、理解できない歌でさえ。

『きみは自分の歌を、作品ではなく商品だと割り切れるかい？』

がさりと音を立て、楽譜が手から滑《すべ》り落ちる。床に散乱したそれらを、歩は慌てて拾い集めた。そのうちの一枚を手にした時、脳内に電流が走った。

『きみが歌うからこそ、意味と価値がある。そう万人に思わせる歌を作れるのは、立派な才能だ』

手にした楽譜を見つめ、もしも、と歩は考える。あの言葉がなかったら、そもそもこの歌を生み出せていなかったら、自分は今、どんな人生を送っていたのだろう。

「……何が正解で、何が不正解だったのかな」

ぽつりとつぶやいた問いに、答えてくれる人はいない。拾い集めた楽譜を抱え、歩は一人、部屋の隅で膝を抱え込んだ。

2

二日後の月曜日、学校から帰る美空の足取りはひどく重かった。今日はいよいよ歩の依頼、路上ライブ一日目なのである。

『依頼は十日間で、お願いします』

一昨日《おととい》の別れ際、歩は言った。

『期間内にオレはスランプの解決策と、自分なりの答えを必ず見つけるんで』

依頼に期限が設けられたのは、ある意味ありがたい。その間さえ乗り切れればと、腹をくくることができる。

(とりあえず檀家《だんか》の人たちには、バレないようにしないとな……)

何度目かの溜息をつき、美空は晴安寺《せいあんじ》の門をくぐる。もし貴海が路上で歌っていることが広まり、檀家のファンの面々が応援に駆け付けでもしたら、確実に騒ぎになってしまう。そうなるともう、歩の依頼どころではない。

ただ幸い歩が路上ライブを行うT公園は、晴安寺からかなり離れた郊外にある。よって貴海ファンたちが偶然、ライブを目にする機会はないと、運を天に任せて信じるしかない。

（それでなくても絶対に、女の人たちが寄ってくるのに）

石畳を歩きながら、美空は眉を寄せた。以前に大智が言及した通り、貴海はただその場にいるだけで、強力な磁石のように女性陣を引きつける。しかも今回は路上ライブという特殊な状況下で、貴海は歌い手、女性たちは観客という関係になるのだ。歩の依頼の手前、観客である彼女たちを無下に扱うことはできない。よって彼女たちの言動をどこまで受け入れ、どこから拒絶するか、判断に迷うところだ。

（冷たくしてもダメ、優しくしすぎてもダメ）

寄ってきた彼女たちを冷たくあしらい、路上ライブに支障をきたすわけにはいかない。かといって彼女たちに友好的に接し、妙な気を持たせてもいけない。優先すべきは保身か、依頼人の利益か。悩みつつ美空は玄関の引き戸を開けた。

「ただいまー……って、あれ？」

声をかけると同時、奥から制服姿の大智が現れる。美空は目を丸くした。

「瀬崎くん、今日来るって言ってたっけ？」

「少し前に連絡した。お前が気づいてないだけだ」

びしりと大智は美空の鞄《かばん》を指さす。言われてみれば、中の携帯は全くチェックしていない。

「えっと……ごめん」

「別にかまわねーよ。どうせ路上ライブの依頼のことで、頭がいっぱいなんだろ？」

ずばりと言い当てられ、美空は返答に困る。大智は嘆息した。

「まあ仕方ないよな。貴海さんが路上に出れば、騒ぎになることは間違いない。前回のバレンタイン祭りを経験したオレとしても危機感はあるし、責任を感じてる。お前のブラコンぶりを、とやかく言うつもりはない」

「……あのさ、後半部分、ちょっと言ってる意味がわからないんだけど」

靴を脱ぎ、上がり框《がまち》に上がった美空は、大智の隣に並んだ。そのまま二人連れ立って、奥へと歩みを進める。

「依頼の話、兄さんに聞いたの？」

美空が尋ねると、大智は渋面《じゆうめん》で頷《うなず》いた。

「依頼人に遭遇したのは、恵さんの飯を食い終わって、帰るところだったんだよな。貴海さんは美味いもん食って満腹になると、気が緩《ゆる》むんだよ。いつもより警戒心がなくなるっていうか、無防備になる。今回は完全に、そこに付け込まれたよな。オレが普段から恵さんレベルの飯を作って、貴海さんの食欲を満たしていれば、こんなことにはならなかったかもしれねーのに」

「ねえ、責任の感じ方、絶対におかしいよね？」

美空は顔を引きつらせた。貴海によるメールで煽られるどころか、完全に思考が妙な方向にねじ曲がっているではないか。

「そこでオレは考えた。路上ライブをする上で、どうすれば貴海さんに寄りつく女を最小限に抑えられるか。観客という一線を越え、個人的に親しくなろうとする輩《やから》を排除できるか。その結果が、これだ」

大智に促《うなが》され、美空は居間に足を踏み入れる。そしてソファに寄りかかる貴海を見た瞬間、大きく目を見開いた。

「おかえり、美空」

いつも通りの言葉を、貴海は美空へ向ける。だがその見た目がいつも通りではない。さらりとしたストレートな髪が左右に流され、器用にスタイリングされている。さらに細い黒縁《くろぶち》の伊達眼鏡《だてめがね》を装着し、服もめったに着ないスーツ姿だ。しかもネイビーの細身のスーツはおそらく外国製で、普通のサラリーマンが身に着ける量産型のものとは明らかに質が違う。

「……何？　何なの？」

激しく動揺し、美空はよろめいた。隣で得意げに大智が胸を張る。

「変装という名の、イメチェンだ」

「はあ？」

美空は声をあげ、震える手で貴海を指さした。

「これのどこが変装なのよ。むしろ普段より派手だし、よっぽど目立つじゃない」

「それが狙いだからな」

いたって真面目《まじめ》な顔で、大智は貴海の横に移動した。

「いいか？　貴海さんは普通にしていても、もともと目立つ。容姿を隠そうとしても限界がある。だったらいっそ、突き抜けて目立たせればいいんだよ。普通のやつらが物怖《ものお》じして、寄ってこられないくらいにな」

自信で瞳をきらめかせ、大智は力強く拳を握る。

「いつもの貴海さんはカジュアル系で、ラフでシンプルな格好だ。そこを敢《あ》えてトラッド系のスーツで、びしっと決める。大人っぽさと高級感を出して、近寄りがたくする。要は逆転の発想だ」

「逆転って……高級スーツで路上ライブとか、いろんな意味でありえない気が……」

「いいんだよ。常識に囚《とら》われていたら、貴海さんの良さを最大限に活かすことなんてできねーからな」

美空の力ない意見など、大智は微塵《みじん》も気にする様子はない。どうやら自身の手がけたコーディネートに、かなりご満悦のようだ。

「この手の格好、疲れるから嫌なんだよなあ」

セットされた毛先をいじりながら、貴海はぼやく。少し困ったように大智は眉を下げた。

「依頼のための、仕事着だと思って我慢して下さいよ。そもそもバレンタインデーでもらった服なんだし、こういうところで活用しねーと」

視線を転じれば、部屋の隅に紙袋が散乱していた。どうやらどの服にするか、散々迷った末のチョイスらしい。

「でもオレ的には、モード系も似合うと思うんですよね。オールブラックとかビッグシルエットとか、次はそっちでいきますか？」

「……瀬崎くん、楽しんでない？」

よくわからないファッション用語を、大智は嬉々として語る。美空が生ぬるい視線を向けると、大智はむっとした。

「楽しんでねーよ。これがオレの責任の取り方だ」

「責任の取り方、絶対におかしいよね？」

美空のつっこみを無視し、大智は手際よく乱れた貴海の髪を直し始める。料理の次は、スタイリングにコーディネートか。どこまでも器用なくせに、その才能を貴海のために無駄に使う大智に、美空は呆れて言葉を失った。

郊外にあるT公園は、芝生広場やテニスコート、スワンボートに乗れる池などがある広大な都市公園だ。許可を取れば園内の遊歩道で路上ライブができるとあって、歌手を目指す若者たちに人気のスポットでもある。

公園の南口から伸びる道、通称サウスロードで一足先に路上ライブの準備をしていた歩は、作り込まれた貴海を見て完全に固まった。

「貴海さんって、実は本物の芸能人なんじゃ……」

「いえ、兄はただの便利屋です」

歩の目を覚ますため、美空は冷静に訂正した。ただ貴海を見つめる歩の耳に、声が届いているかは甚《はなは》だ疑わしい。

「曲順とライブの進行は、ギターを演奏する歩くんに任せるからね。それじゃあ、最終の打ち合わせをしようか」

「はい！　喜んで！」

貴海に笑顔を向けられ、歩はビシリと敬礼をする。もはや信者かファンかわからない反応に、美空はげんなりした。

（やっぱりあの格好、逆効果だったんじゃ……）

ここまで来る間、電車内でどれだけの熱視線を受けたのか、数えればきりがない。そして傍《かたわ》らにいる美空がどれだけ肩身の狭い思いをしたかは、言い尽くせないものがある。せめて大智が一緒だったらと、美空は無人の隣に目をやった。

　当の大智は貴海の仕上がりに満足したのか、安住家を出ると家に帰ってしまった。「オレにはオレの、やるべきことがある」とクールに決めていたが、要は更にレベルアップした新作メニューを考える気なのだと美空は読んでいる。バレンタインデーの時は心強かったのに、と美空は心許なさを感じた。

「あのぉ」

　そこで聞こえた甘ったるい声に、美空ははっとした。見ればテニス帰りなのか、ラケットを背負った大学生らしき女性二人組が、貴海に話しかけている。

「もしかして、今からここで歌ったりします？」

「うん。時間があれば、聴いていってね」

「はい！　喜んで！」

　顔を赤らめ、女性二人は声を揃《そろ》える。きゃっきゃっと貴海の真正面の場所を陣取る彼女たちに、美空はがっくりした。たとえ突き抜けて目立っても、物怖じしない相手はいるのだ。今時の肉食女子を甘くみてはいけない。

「美空、ぼーっとせずに手伝って」

「わかったわよ」

貴海に声をかけられ、美空は嫌々応じる。すると歩と女性二人が、不思議そうに美空を見つめた。

「言いませんよ、私は」

念のために断りを入れる。何が悲しくて実の兄相手に、「はい、喜んで」などと答えなければならないのか。ついていけないノリに、美空は大きく息をついた。

結果からすれば、路上ライブは大成功だった。

美空の予想通り、貴海が歌い出すと次々に女性陣が集まり、最終的にその数は二十人近かったと思う。そして路上ライブ終了後、貴海と接触を試みようとする彼女たちを何とか振り切り、美空たちはT公園から一駅離れた場所にあるツバキ珈琲店に辿《たど》りついた。よくよく聞けば、歩の住むアパートも駅近くにあり、初めて出逢った日は家に帰るところだったらしい。

「今日は本当に、ありがとうございました」

一昨日と同じ席に腰を下ろし、歩は深々と頭を下げた。

「オレ、あそこで一年以上歌ってますけど、あんなに人が集まったのは初めてです。大勢にオレの歌を聴いてもらえて、なんかすごい感動しました」

熱く語る歩を、美空は疲労感いっぱいの目で見つめた。路上ライブの間、貴海の写真や動画を撮ろうとする女性陣を必死で阻止し、邪魔者扱いされた身にもなって欲しい。しかも美空を散々敵視していた女性陣だが、貴海に、

『大人の事情があるから、写真や動画は撮らないでね』

と笑顔で釘を刺されると、全員が、

『はい！　喜んで！』

と良い返事をしていた。正直、美空としては腸《はらわた》が煮えくり返る思いである。

「歩くん、歌の感想は聞けた？」

「ばっちりです。けっこう好意的な意見が多くて、少し自信がつきました。あと観客の反応とノリで、改善点も見えてくると思います」

「うん。それは良かった」

にこりと笑い、貴海は立ち上がってカウンターへと移動した。

「マスター、ラテアートするところ見ていてもいいですか？」

「ええ、どうぞ」

了承するマスターは心なしか嬉しそうだ。こういう時、貴海は人たらしだなと、美空はしみじみ思う。

「貴海さんって、不思議な人だよな」

貴海の後ろ姿を見つめ、歩は言った。

「ハイスペックで雲の上の人って感じなのに、実際に話してみると、すごく気さくでさ。オレみたいなやつのこと、別に見下すわけでもバカにするでもなく、普通に接してくれるし」

「まあ兄さんの場合、見た目はあれですけど、中身はあんななので」

貴海はカウンターから身を乗り出し、興味津々の様子でマスターの手元を見ている。子供じみた自由すぎる態度に、美空は溜息をついた。

「けどオレとしては、ラッキーだった。思い切って声をかけて本当に良かったよ。今までの経験上、またダメかと思ったけど、今回は奇跡が起きたみたいだ」

歩の言葉に美空は首を傾《かし》げる。苦笑して、歩は語り出した。

「オレさ、子供の頃から要領が悪くて、肝心なところで失敗ばかりしてきたんだよ。テスト前に徹夜して寝坊したり、運動会の前日に張り切りすぎて捻挫したり、合唱コンクール前に猛練習して喉《のど》痛めて声が出なくなったり。努力は裏切らないっていうけど、いつも努力が結果に結びつかなくてさ。クラスメートには『歩のくせに、全然前に進まない』って、よくバカにされてたっけ」

当時を思い出したのか、歩は水の入ったグラスに視線を落とした。

「そんな自分が情けなくて、すごく嫌いだった。なんで他のやつらみたいに要領よく、スマートにできないんだろうって、しょっちゅう自己嫌悪に陥っていた。でもある時偶然、街中で耳にした応援ソングに、すごく勇気づけられたんだ。オレはオレのままでいい。大丈夫だって、前向きになれるようになった」

　言葉通り前を向き、歩は続けた。

「歌の力はすごいなって、心から思った。それからは嫌なことや落ち込むことがあると、好きな歌を聴いたり、お気に入りの歌を歌ったりして、自分を励ましてきた。そのうち自分でも、歌を作りたいって思うようになってさ。それで中学生の時、近所の音大生にピアノを教わって、自己流で作詞作曲を始めたんだ。もちろん最初は聞くに堪《た》えない、陳腐《ちんぷ》なものしかできなかったよ。でもすごく楽しくて、毎日が充実しててさ。相変わらず学校や日常生活では上手くいかないことばかりだったけど、そんなオレだからこそ、作れる歌がある。そう思ったら、ダメな自分を丸ごと受け入れることができるようになったんだ」

　照れくさそうに語る歩を、美空は感嘆の目で見つめた。中学生の時、美空は劣等感と自己嫌悪を持て余し、道を外れて不良になった。だが歩は歌と創作によってそれらを受け入れ、乗り越えてきたのだ。

「じゃあ中学生の時に、シンガーソングライターになりたいって思ったんですか？」

「うん。オレはいつも歌に助けられて、励まされてきた。だからオレもいつか、そんなふうに誰かの支えになるような歌が作りたい。届けたいって思ったんだよ」

　歩の言葉は真っすぐで、とても真摯《しんし》だ。初めて会った時、彼をただのフリーターだと決めつけてしまったことを、美空は今更ながらに申し訳なく思う。

「でも最近スランプになって、やっぱり分不相応の夢だったのかなって落ち込んでいたんだ。もともと親には反対されて、大学に行けって言われていたし。ただオレは勉強が得意じゃなくて、歌との両立もできないと思ったから、今の生活スタイルを選んでさ。正直、不安も焦《あせ》りもないわけじゃないんだよ」

　切実な告白を受け、美空は返答に困る。すると空気を変えるように、歩は明るい笑顔を見せた。

「だけど今のオレには、貴海さんがついてる。最高の歌い手で、最強の援護者だ。貴海さんがいれば、きっとオレの未来は明るい。全ては上手くいく。なぜか不思議とそう思えるんだ」

　拳を握り、力説する歩に、美空は呆然とした。いくら貴海の信者だろうと、盲目にも程がある。

「できれば依頼が済むまでに、貴海さんをモチーフにした歌が作りたいんだ。やっぱカッコいいのがいいよな」

　ぶつぶつとつぶやき始める歩は、完全に自分の世界の住人だ。スランプを抜けた彼が、妙な方向には進みませんようにと、美空は貴海ではない本物の神様に祈りを捧げることにした。

3

翌日、学校帰りの美空がT公園に行くと、貴海も歩の姿もまだなかった。貴海は便利屋の依頼を片付けてから、歩はバイトが終わってから来るらしいので、もう少し時間がかかるのだろう。

特にすることもなく、手持ちぶさたの美空は辺りを見回した。改めて見てみると、サウスロードには路上パフォーマーが大勢いる。歩のように歌っている人だけではなく、踊ったり、絵や詩を広げていたり、漫才やパントマイムをしたりと様々だ。

「ねえ」

ふいに背後から声をかけられ、美空は振り返った。目の前に立っているのは、二十歳《はたち》前後の女性だ。ショートカットに猫のような上がり目をした、気の強そうな人である。

「あんたさ、昨日もここにいたよね」

くだけた口調で彼女は言う。

「あの謎のイケメンって、何者なの？」

「えっと」

美空は言いよどんだ。女性の正体がわからない以上、下手なことは言うべきではない。

すると美空の警戒に気づいたのか、彼女は軽く笑った。

「私は倫瑠《みちる》。M大二年。一応昨日、隣で歌ってたんだけど」

そう言って倫瑠は、歩が陣取った場所の数メートル先を指さす。そこにはギターケースと立てられた譜面台が置かれていた。

「すみません。気づかなくて……」

「別にいいよ。あんだけ観客がいたら、私なんて目に入んないでしょ」

ひらりと倫瑠は手を振る。嫌味ではなく、単に事実を述べているだけのようだ。どうやらかなり、さばさばした性格らしい。

「それで？　あのイケメンの正体は？」

「あれはその、一応、私の兄なんですが」

「へえ、兄妹なんだ。似てないね」

「よく言われます……」

歯に衣着《きぬき》せぬもの言いに、美空はたじろいだ。倫瑠の質問はさらに続く。

「じゃああんたの兄さんと、あのヘタレ、どういう関係？」

「ヘタレ？」

「誰がヘタレだ」

美空の問いに、不機嫌な声が重なる。気づけば険《けわ》しい表情の歩が隣に立っていた。倫瑠はふんっと鼻で笑う。

「あんたのことに決まってるじゃん。観客でもない通行人にヤジられても、へらへらしてるヘタレなんだから」

「無駄にケンカしたって意味ないだろ。お前なんて酔っ払い相手に暴言かまして、ケンカになって、警察沙汰になりかけたじゃないか」

「あれはセクハラ発言してきた向こうが悪い。エロいことしたいなら、その手の店に行けっての」

「だからお前、そういうことは思ってても言うなよ」

「はあ？　口に出さなきゃ伝わらないだろ。これだからヘタレは」

「黙れ、暴言女」

苛立《いらだ》たしげに告げ、歩は足元を指さした。

「あとお前、境界線越えてるぞ。さっさと引っ込めよ」

歩の指先を追うと、チョークで描かれたような白い線がある。倫瑠は面白くなさそうな顔をした。

「わかったよ」

ぷいっと横を向き、倫瑠は足取りも荒く、自身の定位置へと戻る。歩は疲れたように息をついた。

「ごめん。あいつに変なこと言われなかった？」

「特に何も。ただ兄さんについて聞かれただけで」

美空が答えると、歩は声を潜めた。

「あいつは半年前くらいから、隣で歌うようになったんだ。性格がきつい上に、口が悪くてさ。オレとしてはお隣さんだし、仲良くやりたかったんだけど、事あるごとに突っかかってくるせいで、こっちもムキになっちゃって。それで顔を合わせるたびに、さっきみたいなケンカになるから、しまいには境界線を設けたわけだ」

「なんか、大変ですね」

どうやら路上ライブでも、ご近所トラブル的な事象は発生するらしい。美空が同情の目を向けると、歩は苦笑した。

「でもあいつ、歌は抜群に巧いよ」

ちらりと横目で倫瑠を見て、歩は言った。

「まず声が、すごくいいんだ。ちょっとハスキーで、でも伸びやかで深みがあって。オリジナルとカバーを半々ぐらいで歌うんだけど、どの曲も全部、自分色に昇華してるって感じでさ。ムカつくけど、初めてあいつの歌を聴いた時、思ったんだ。聞き惚《ほ》れるって、こういうことを言うんだなって」

意外な賛辞に、美空は目を丸くした。とても境界線を設けている相手への評価とは思えない。すると我に返ったように、歩はバツの悪い顔をした。

「でも性格は、最悪だから」

歩と視線が合ったのか、倫瑠が唇を尖《とが》らせる。歩は眉を寄せ、二人は重なった視線を断ち切るように、ふんっと同時に顔をそむけた。


二回目の路上ライブは、一曲目が終わった時点で初日の観客数を超えていた。昨日と同じ顔ぶれに加え、新たな女性陣が足を止めた結果だ。このまま数が増え続けたらと、美空は思わず身震いをする。

今日の貴海はというと、眼鏡は昨日と同じものをかけているが、服はデザインの凝った黒のジャケットに細身のパンツ、そして同色のつばの大きな帽子を被《かぶ》っている。なんでも路上ライブ前に会っていた便利屋の依頼人が、貴海が某有名ブランド店で働いていた時の先輩で、路上ライブの話をしたところ、面白がって全身コーディネートされたらしい。

（これがいわゆるモード系……？）

ファッションに疎《うと》い美空は首をひねった。ただ昨日の貴海が「きっちり」だとしたら、今日は「スタイリッシュ」な感じがする。そして見た目と雰囲気の違いから、今日また新たなファンを獲得してしまったのは間違いない。

「はーい、質問です」

三曲目が終わったところで、突然一番前にいた女性が手を上げた。見覚えがあると思ったら、昨日、一番に観客となった大学生だ。確かユキノと名乗っていた気がする。

「オリジナル曲以外は、歌ったりしないんですか？」

彼女の質問に、貴海は歩に視線を向ける。歩は申し訳なさそうに答えた。

「すみません。他の人の曲は、ちょっと」

「そーなんだ。こっちこそ、変なこと言っちゃってゴメンなさい」

両手を合わせ、ユキノは肩をすくめる。言葉のわりに全く悪びれている様子はなく、むしろギターを持つ歩の方が恐縮し、居心地が悪そうだ。

「じゃあ私、オリジナル曲からリクエスト」

するとユキノの隣にいた友人が手を上げげた。

「昨日の四曲目、だっけ。スタンダードなってやつ。あれ、聴きたいでーす」

「あ、私もあれ聴きたい！」

ユキノが嬉しそうな声を出すと、次々に周りの女性たちも同調し始める。四曲目がどんな曲かすぐに思い出せず、美空は記憶をたどった。

「四曲目、『スタンダードなラブソング』なら大丈夫です」

どこかほっとした様子で歩は曲名を告げる。貴海はにこりと笑った。

「じゃあ、リクエストにお応えして」

きゃあっと歓声があがる。歩のギターによる前奏を聴くうちに、美空の記憶は徐々に甦り始めた。

（これは確か、ベタ甘のやつだ……）

緩やかなメロディーに合わせて歌い出す貴海を、女性陣はうっとりと見つめている。サビになり「きみは僕の全て」や「大好きなんて言えないけれど」などのフレーズが響くと、感嘆の溜息が次々と零《こぼ》れた。中には感極まって、涙ぐんでいる女性もいる。対して美空は胸やけしそうな甘ったるさと、背筋を駆け巡る悪寒を耐えるのに必死だった。そして四曲目を覚えていなかったのではなく、大きすぎるダメージから、自ら記憶を消去したことを思い出す。

（でもやっぱり、こういうのがウケるのか）

歩の依頼の目的は、今までに作ったオリジナル曲の評価を得て、改善点を見つけることだ。そのため昨日、歩は様々なテーマの曲を選び、披露していた。夢、恋、友情、別れ。そんな中で女性陣の反応が良かったのは、明るく甘めのラブソングだったように思う。

（……これでいいのかな）

こっそり美空は歩に目をやった。貴海の斜め後ろでギター演奏をする歩は、観客の反応に満足そうな表情だ。だが貴海に夢中な彼女たちの中に、歩の存在を気にとめている者はいない。

誰か一人くらい、歩に注目してもいいのに。そう思って視線を巡らせた美空は、延長線上にいる倫瑠がきつい目で、歩をにらみつけていることに気がついた。苛立たしげに結ばれていた唇が、「ヘタレ」と短く動く。

やがて己の感情を払拭するように、倫瑠は正面に向き直り、ギターを構えた。力強く弾かれる弦。だが倫瑠の放った音色は境界線を越える前に、観客たちの拍手と歓声によって、空気に紛《まぎ》れて消えて行った。


土曜日の午後、美空は都乃《みやの》を誘い、カラオケボックスに来ていた。

美空がアニメソングを熱唱し終えると、都乃はパチパチと拍手をする。

「美空ちゃんの選曲は、意外に懐《なつ》かしめよね」

「あ、はい。今流行の曲って、あんまりよくわからなくて」

シートに座り、美空は頼んであったオレンジジュースを一口飲んだ。

「それに小学生の頃から、まともに友達がいたことがないので、カラオケボックスに来るのも初めてなんです」

「あら、そうなの？」

都乃は目を丸くする。

「でも納得だわ。美空ちゃん、やけにリモコン操作に手こずっていたものね」

「すみません。勝手が摑めずで……」

「いいのよ。もっと早く言ってくれればいいのに。でもどうして急に、初カラオケボックスに？」

「それはその、最近、兄さんの歌ばかり聴いていたら、妙なストレスが溜まってしまいまして」

「さっき話していた、路上ライブの依頼ね？」

美空は頷いた。都乃にはカラオケボックスに来る道すがら、大まかに事の説明はしてある。

「いろいろな意味で、限界な気がするんです。観客の数は右肩上がりだし、初日からの固定ファンもいて、今では手作りうちわとかプラカード持参で来るんですよ。曲によって合いの手と振り付けも決まっていて、一体感も半端じゃないし。こうなるともう、いつ檀家の人たちにバレてもおかしくなくて、ひやひやし通しなんです」

ある意味、今まで檀家の貴海ファンに知られずにいることが奇跡に近い。美空としてはこのまま、できるだけ穏便に依頼を終えたいのだ。

「あと瀬崎くんが毎日、路上ライブの様子を聞いてくるんです。そんなに気になるなら見に来ればいいのに、『やるべきことがあるから行けない』の一点張りで。そのくせ兄さんがどんな格好でライブをしているのか、写真に撮って送れって言うんですよ。二日目以降、兄さんのコーディネートをしているブランド店の人に、完全にライバル心剝《む》き出しです。相手はファッションのプロなのに、負けず嫌いもここまで来ると、ちょっと迷惑かなって思えてきちゃって」

ジュースで喉を潤《うるお》し、美空は続けた。

「しかも兄さんは兄さんで、ライブが始まると同時に仁《じん》ちゃんの携帯に電話して、自分の生歌を送りつけてるんですよ。仁ちゃんがライブに差し入れを持って来ないからって、完全な嫌がらせです。昨日の夜、ついに我慢の限界に達した仁ちゃんが家に乗り込んできたんですけれど、それを見越した兄さんはちゃっかり中華の出前を取ってるし。けっきょく仁ちゃんに奢《おご》ってもらって、すごく料理は美味しかったけど、本当に申し訳なくて」

深々と美空は息をつく。すると都乃は堪《こら》えきれないように笑い出した。

「ごめんなさい。美空ちゃんが真剣なのはわかるけど、なんだかおかしくて」

口元を押さえ、都乃は肩を震わせる。

「だって美空ちゃんの悩みって、全部貴海くん絡《がら》みよね」

「兄さんじゃなく、私は今回の依頼について悩んでいるんです」

美空はぶすっとむくれた。

「一番問題なのは、観客のリクエストで兄さんの歌うのが、甘々なラブソングばかりってことです。いくらウケがいいからって、選曲が偏《かたよ》りすぎですよ。いろんな歌を披露して、感想をもらってヒントにして、スランプを抜け出すっていう当初の目的から、どんどん離れている気がするんですよね」

笑いの余韻を残したまま、都乃は首を傾げた。

「そう。依頼人は何て？」

「観客が喜ぶなら、別にかまわないって。今まで無反応に耐えてきた分、歌を聴いてもらうだけで嬉しいみたいです。そもそも兄さんの手前、観客は歩さんの歌に対して良いことしか言わないし。しかも兄さんに近づくために、まず歩さんと仲良くなろうとする策士もいますからね。歩さんへの待遇は悪くはないと思います」

「なるほど。絶対的な肯定ね」

「ただその肯定の根本にあるのは、兄さんへの好意ですからね。そうなるともう、誰の、何のための路上ライブなのかって感じで」

「それで美空ちゃんはやきもきしているのね」

「いらいらしているんです。これ以上、兄さんの知名度が無駄に上がってファンが増えるとか、本当にありえない」

「だから美空ちゃんはやきもきしているのね」

都乃は笑顔で繰り返す。美空は頰を膨《ふく》らませた。

「そもそも歩さんって、すごく良い人なんですよ」

ストローでジュースの氷をつつきながら、美空は話題を変えた。

「最初に声をかけられて土下座された時は、変な人だと思って引いたんですけれど、路上ライブを重ねるうちに、人となりが見えてきたっていうか。観客のリクエストは断らないし、身勝手な態度にも寛容だし。兄さんばかり目立って、自分はただの伴奏者扱いされても、愚痴《ぐち》一つ言わないんです。観客相手は仕方がないとして、兄さんには依頼人として、もっと要望でも文句でも言っていいと思うんですけどね」

「うーん。そうなると依頼人は良い人というより、どっちかと言えば、事なかれ主義者に思えるわね」

からかうような笑みを消し、都乃は言った。

「相手の意見を聞き入れて、望み通りに行動すれば、もめ事も起こらないし楽でしょう？　波風も立たないし、表面上は順調に物事が運んでいるように見える。でも根本的な問題は何も解決していない。要は他人からの要望と、自分の願望のバランスが上手く取れていないのよ」

都乃の指摘に、美空ははっとした。確かに見方を変えてみると、倫瑠が歩を「ヘタレ」

と酷評するのも理解できる気がする。

「じゃあ今回の依頼、どうなるんだろ。歩さんのスランプ脱出って無理なのかな」

「そのへんは大丈夫じゃない？」

暗くなりかけた美空に、都乃は再び笑顔を見せた。

「なんといってもその依頼、事なかれ主義とは程遠い、貴海くんが請け負っているんだから」

4

路上ライブ七日目、予想外の事態が起きた。

観客のリクエスト曲が終わり、五曲目の前奏が始まった直後、倫瑠が突然乱入してきたのだ。

「やめろ！」

叫ぶと同時に、倫瑠は歩の持つギターにしがみつく。

「いい加減にしろよ！　このヘタレ！」

掴まれたギターが悲鳴のような音を放つ。呆気に取られていた歩は、我に返ったように倫瑠を引き離しにかかった。

「何なんだよ、お前はっ」

「うるさい！　ヘタレは黙ってろ！」

倫瑠は歩のギターをがっちり抱え、手を離す様子はない。二人の攻防に観客たちはざわめき始めた。

「何？　妨害？」

「とりあえず加勢して、取り押さえる？」

血気盛んな数名が動く気配を見せる。ただでさえライブを中断され、いきり立っているのだ。このままだと大乱闘になるのではと、美空は焦る。

「はーい、ストップ」

そこで貴海の声が響いた。とたんに観客の女性陣たちだけでなく、歩と倫瑠も動きを止める。

「悪いけど今日のライブはここまで。また明日、同じ時間によろしくね」

貴海が申し訳なさそうに言うと、女性陣は一斉に「えー」と落胆の声をあげた。そして倫瑠に対し、非難と敵意の視線を向ける。

「その代わり明日は特別に、一曲目からオリジナル曲のリクエストを受け付けるよ。今から皆で相談して、仲良く決めてね」

この上なくサービス満点の笑顔を貴海は作る。すると女性陣は一斉に「はーい」と手を上げた。統制のとれた彼女たちの行動に、美空は顔を引きつらせる。

「じゃあ今からミーティングするから、駅前のファミレスに移動」

そう言ってユキノが歩き出すと、皆がそれに続いた。美空としては認めたくないが、もはや彼女たちは完全にファンクラブ化している。

「ということで、こっちもミーティングを始めようか」

げんなりする美空をよそに、女性陣を見送った貴海は歩と倫瑠に向き直った。

「ただし場所は駅前のファミレスじゃなく、ツバキ珈琲店でね」


その後、四人はツバキ珈琲店へ移動した。路上ライブの依頼を受けてから、すっかり常連になりつつあるなと思いながら、美空はいつもと同じ席に座る。

マスターが気を利かせたのか、初めからその予定だったのか、少し前に閉店の看板がかけられた。よって店内に他の客はなく、コーヒーの香りが漂《ただよ》う中、抑えめのクラシック曲が流れているだけだ。

ミーティングをすると言ったわりに、貴海は手短に名乗った後、素知らぬ顔でコーヒーを堪能している。やがて歩が口を開いた。

「さっき、なんであんなことをしたんだよ」

歩は視線を向けることなく、対面にいる倫瑠に問いかけた。

「お前がオレのこと、気に食わないのはわかってる。でも曲の始まる前に乱入するなんて、やっていいことと悪いことが」

「わかってるよ」

言葉を途中で遮《さえぎ》り、倫瑠は言った。

「自分のしたことが、ひどいルール違反だって理解してる。観客にも悪いことをしたと思ってる。でも私はこれ以上、あんたのヘタレ曲をそっちのイケメンが歌うのが、どうしても我慢できなかったんだよ」

それだけ告げると倫瑠は立ち上がり、その場を後にしようとする。隣に座っていた美空が引き留めようと動くより先に、対角線上にいた貴海が手を伸ばした。

「あのさ、今の話だと全く納得できないんだよね」

倫瑠の腕を掴み、貴海はにこりと笑った。

「ということで、もう一度着席しようか。倫瑠ちゃん」

名を呼ばれ、倫瑠は口をへの字に曲げたが、意外にも大人しく席についた。放された腕を落ち着かなそうに擦《こす》りつつ、顔を赤くした倫瑠はなぜか歩をにらみつける。歩は気まずそうにそっぽを向いた。

「最初に言っておくけど、僕と歩くんは正式に組んでいるわけじゃないよ。僕は便利屋の社長で、歩くんの歌を路上ライブで披露するっていう依頼を受けている身だからね。あくまでも期間限定のボーカルなんだ」

「……は？」

　貴海の説明に、倫瑠は目を見開いた。

「あんた、お金払ってそんなことしてたわけ？」

「お前には関係ないだろ」

　視線をそらしたまま、歩は答えた。

「どんな方法でもいいから、とにかくオレは自分の歌を誰かに聴いて欲しかった。そうしなきゃ、今いる場所から進めないから」

　倫瑠は何か言いたげだったが、口を閉ざした。ただ怒りを宿していた瞳がふっと陰《かげ》り、迷うように揺れる。

「つまり倫瑠ちゃんのしたことは、立派な業務妨害。僕としては迷惑料を請求したいところなんだよなあ」

　溜息混じりで貴海が言うと、倫瑠は顔を強張《こわば》らせた。兄のあくどい発言に、美空は唖然とする。

「でも倫瑠ちゃんにだって、事情があるんだろ？　不当な請求が嫌なら上辺の言い訳じゃなく、腹を割って本心を話しなよ。人を動かすに言を以《もっ》てせば、ただ深切なることを要せよ。言深切ならざれば感ずるところ必ず浅しってね」

貴海の言葉に倫瑠は怪訝《けげん》な顔をした。実家が寺という情報がないため、突然の説法が不思議だったのだろう。

「……あの曲、『リスタート』は特別なんだ」

だが意を決したように、倫瑠は話し出した。

「自慢じゃないけど、私は子供の頃から歌が上手かった。誰に習ったわけでもないけど、音程やリズムの取り方は自然にできていたし、声量や肺活量もあった。簡単に言えば、才能があったんだと思う。小学生の時はいろんな歌の大会に出て、優勝したりしててさ。うちの母親はもともと芸能界に興味があって、ステージママってのに憧れてたみたい。それで母親はすっかりその気になって、私の将来は歌手だって決めてた。私も歌うのは好きだし、周りより巧いんだから当然かなって、どっか他人事みたいに思っていたんだ」

美空は以前、歩が倫瑠の歌を評価していたことを思い出した。どうやら彼女は思った以上の実力者らしい。

「別に才能があるからって、何も努力しなかったわけじゃない。母親の勧めでボイストレーニングに通ったり、ギターを習ったりした。レッスンで遊ぶ時間なんてなかったけど、別に苦にはならなかった。今思えば、順風満帆だったんだ。小学校を卒業するまでは」

倫瑠は一つ息をついた。

「中学生になると、歌以外の部分を指摘されることが多くなった。本気で歌手になりたいなら、見た目やキャラも重要だって言われてさ。実際、オーディションやコンテストにいる同世代の子たちは皆、自分の飾り方や魅せ方をマスターしてた。歌唱力だけに頼っていた私はいつの間にか、周りより劣《おと》った存在になっていた。歌の巧い天才小学生を卒業した私は、だんだん世間に通用しなくなっていったんだ」

悔《くや》しいはずの過去を、倫瑠は淡々と語る。昔のことだと割り切っているようにも、どうでもいいと思っているようにも見えた。

「最初に焦ったのは母親だったよ。娘が将来歌手になることを、信じて疑っていなかったからね。印象に残るキャラを作れ。今時のメイクとファッションの勉強をしろ。ダンススクールに通え。もっと周りの大人に媚《こ》びろ。それはもう必死で言ってくるんだけど、逆に私はどんどん冷めちゃって。私はただ歌うのが好きなだけだから、自分を作ったり、変えたりしてまで歌手になりたくないって言い返したら、もう大激怒。挙句《あげく》の果てに言われたのが、『ここで諦《あきら》めて、負け犬になるのか』だって」

倫瑠は自嘲気味に笑った。

「それ聞いた時に、は？　って思った。負け犬って、私は何と戦っていたっけ？　それで何に勝てばいいんだっけ？　思ったままを、母親に尋ねた。母は答えられなかったよ。だから高校生になると同時に歌は止めた。そして母の中で、私は負け犬決定になった」

前髪をかき上げ、倫瑠は続けた。

「大学生になっても、夢中になれるものは見つからなくて、ただなんとなく余生みたいに毎日を過ごしてた。私の人生、特に何のイベントもなく、こんな風に過ぎていくんだろうなって思ってた。そんなある日、T公園で歌っている歩を見た。それは本当に、ただの偶然だった」

その日を思い出すように、倫瑠は目を伏せた。

「最初は正直、巧くないなと思った。音程は時々外れるし、リズムも狂う。私の何分の一かの歌唱力しかないのに、よく平気で人前で歌うなってバカにさえした。でも私気づいたら、足を止めて、歩の歌を聴いていた。その場から動けなかった」

美空の脳裏に、倫瑠の姿が思い浮かんだ。T公園で立ちすくみ、じっと歩を見つめている寂しげなシルエット。

「その日は小雨が降っていて、観客なんてほとんどいなかった。でも歩は、すごく楽しそうに歌ってた。歌が大好きで、歌えることが嬉しくて、今この時がどうしようもなく幸せだって、全身で表現しているみたいだった。そんな歩を見て私、うらやましくて、悔しくて、それで気づかされたんだ。私はやっぱり歌が好き。歌うことが大好きだって」

胸に置いた手を、倫瑠は握り締めた。

「歌いたいって、心の底から思った。私が負け犬なのは敗《ま》けたからじゃなく、自分からその想いを捨てたからだって気がついた。もう逃げない。負けたくない。もう一度歌いたい。そう強く祈るみたいに思った時、歩があの歌、『リスタート』を歌ったんだ」

　そこで倫瑠は目を閉じる。最奥にある大切な記憶を、すくい上げるように。

「もう一度、この場所で、スタートラインを引いてみよう。もしきみが望むなら、僕が合図を送るから、今この時を大きく蹴って、きみは明日へと走り出せ」

　歩が驚いた顔をする。倫瑠が口にしたのは、「リスタート」の歌詞なのだろう。

「合図だって、思ったんだ」

　目を開けて、倫瑠は笑った。どこか泣き出しそうな表情で。

「私がもう一度、始めるための。走り出すための。合図を歩が、歌がくれたと思った。それで決めたんだ。もう一度、自分のために歌おうって」

　表情を引き締め、倫瑠は歩を見据えた。

「ムカつくけど、私はあんたの歌に救われた。勇気をもらった。今はヘタレだけど、あの頃のあんたの歌はちゃんと生きてた。意志があった。それを簡単に、誰かに譲ろうとするなよ」

　言いたいことは言ったとばかりに、倫瑠は口を閉ざした。歩は何も返さない。沈黙に耐えきれず、美空は声を出した。

「歩さん」

歩は視線だけを美空に向ける。

「前に私に、言いましたよね。誰かの支えになるような歌が歌いたいって。その想い、ちゃんと倫瑠さんに届いているじゃないですか。一方通行なんかじゃないんですよ」

それでも歩は黙ったままだ。美空はさらに訴えた。

「今はスランプかもしれません。でも負けずに歌って下さい。私も歩さんが歌う歌を、聴きたいって思います」

「……それで?」

独り言のように歩はつぶやいた。

「オレが歌って、どうなるの?」

歩の問いかけに、美空は口を閉ざす。その答えがわかっているからこそ、歩は便利屋に依頼をしてきたのだ。

「オレだって自分の歌を、想いを、簡単に譲ろうとしたわけじゃない」

硬い声で歩は告げた。

「中でも『リスタート』は、オレにとっても特別な曲だ。できた瞬間に凄い達成感と手応えがあって、今までのオレの全部が報われたような気さえした。実際、レコード会社の人にも、オレが歌うから価値がある歌だって評価されて、すごく嬉しくてさ。不安も迷いもあったけど、やっぱり夢を諦めず、挑戦しようって思わせてくれた大切な曲なんだ」

歩は眉を寄せ、どこか辛そうな表情で続けた。

「そんな曲だからこそ、路上で貴海さんに歌ってもらうか、すごく迷った。他の曲で評価をもらえばいいんじゃないかって思ったし、もし思い入れのある曲が低評価だったらって不安もあった。でもそれじゃ、やっぱりダメだと思ったんだ。一番の自信作をより多くの人に聞いてもらわなきゃ、限界を超えることも、前に進むこともできないんじゃないかって」

美空は言葉に詰まる。歩は歩なりに悩んで考え、決意した結果なのだ。

「だからオレは次の路上ライブで『リスタート』を貴海さんに歌ってもらう。どんな曲だって一人より、大勢の人に聞いてもらえる方がいいに決まってるんだ」

「もういい」

全てを断ち切るように、倫瑠は短く言い捨てた。

「どうせ今のあんたがどんな名曲を歌っても、何も響かないし、届かない。好きにしなよ」

投げやりな言葉とは裏腹に、倫瑠の横顔は寂しそうだった。歩にも倫瑠にも何も言うことができず、美空はただ黙って両手を強く握り締めた。

5

昼休み、美空がいつも通り自分の席で弁当を食べていると、携帯に大智からのメールが届いた。路上ライブの依頼を受けて以来定期的に来る、報告を促すものである。

〈昨日はどうだった?〉

メールの文面に、美空は眉を寄せた。いつもはすぐに返信するところだが、今日は気持ちが指を止めてしまう。

もちろん大智の求める内容は、貴海についての報告だとわかっている。よって貴海の写真を添付し、問題はないと告げればいいのだが。

(なんだかな……)

嘘をついているような、隠し事をしているような、妙にすっきりしない気分だ。携帯の画面を見つめ、美空は頭を悩ませる。

どれくらいそうしていただろう。不意に震え出した携帯に、美空はびくっと身体を跳ねさせた。

(え? 嘘?)

思いがけない大智からの電話に軽いパニックになる。とりあえず震え続ける携帯を手に、あたふたと美空は教室を後にした。にぎわう廊下を早足で歩きながら、呼吸を整え通話ボタンを押す。

「もしもし？」

「遅い」

聞こえてきた不機嫌な声。すれ違う生徒たちにぶつからないよう避けながら、美空は廊下を進んだ。

「ごめん。突然でびっくりして……何か用だった？」

階段の踊り場で足を止め、美空は一息ついた。自宅ならともかく、学校で大智と会話をするのはなんだか新鮮で、不思議な感じだ。

「別に用じゃねーけど。そっちこそ、何かあったんじゃないのかよ」

「へ？」

「返信、いつもすぐ寄こすだろ。でも今日はなかなか返ってこないから、オレに報告できないことが昨日あったのかと思ってさ」

大智の的確な読みに美空は驚愕した。ただ返信できない理由が美空の学校生活にはないと決めつけている辺りが、複雑な想いがしなくもない。

（確かにいつも一人だし、暇だし、すぐ返信するけどね……）

踊り場で独りきり、ふっと美空は乾いた笑いを浮かべた。とたんに大智の冷静な声が耳に入る。

「お前は落ち込んでないみたいだし、貴海さんに何かあったわけじゃねーな。そうなると単に依頼が上手くいってないのか」

「なっ、何でわかるの？」

思わず美空は周囲を見回した。当然、大智の姿があるわけもない。

「お前は単純だから、声を聞けばだいたいわかる。とりあえず昨日あったことを言え。文面にするより、直《じか》に話した方が早いだろ」

「えぇっと」

昼休みの時間は限られている。促されるまま、美空は昨日の一件を話した。全てを聞き終えると、大智はふうんとつぶやく。

「まあ最初からスランプに陥っているわけだし、依頼人が越えるべき壁にぶち当たったたって感じだな。本人なりの考えがあるだろうし、周りが口出しして、どうこうなることじゃねーよ」

「そうだけど……」

美空は携帯を握り締めた。すると心許なさを軽くするように、大智が小さく笑った。

「お前のそういうところ、貴海さんに似てるよな」

「そういうところ？」

「他人事だって割り切らず、口だの手だの出そうとするところだよ。ああ、お前の場合は足も出るか」

「足は出さないしっ」

とっさに勢いよく言い返し、美空は慌てて声を潜める。階段を下りていく生徒の視線が、微妙に痛い。

「それに兄さんの場合、口は出すけど手は出さないわよ」

「そうか？」

大智はおかしそうに言った。

「この前、自分で言ってたじゃねーか。二人で依頼に取り組む時、いつもお前が労働担当で、貴海さんがサービス担当なんだって」

美空はぱちりと瞬《まばた》きをする。自分でも忘れていた言葉を、大智が覚えていることに驚いた。

「瀬崎くんって、記憶力いいよね」

「はあ？」

素直な感想を述べると、とたんに呆れたような声が返ってくる。

「オレは別に、なんでもかんでも覚えてるわけじゃねーよ」

そっかと美空はつぶやいた。おそらく貴海に関することは、重要な情報として記憶しているのだろう。

（本当に兄さんのこと、大好きだよねえ）

そのくせ事あるごとに、美空をブラコン呼ばわりするのだから納得がいかない。そこであることを思い出し、美空は口を開いた。

「そういえば『やるべきこと』、順調に進んでる？」

あえて「やるべきこと」が何かを言及せずに尋ねると、電話の向こうで大智は笑った。

「おう。そのうち結果が出るから、報告に行くな」

「わかった。期待してるね」

どうやら新作メニュー作りは上々のようだ。大智の来訪が楽しみで、美空は微笑んだ。

「お前も、あと少しがんばれよ」

「うん。ありがと」

通話を終えた携帯を、もらった励ましと共に、ぎゅっと胸の真ん中で握り締める。よし、と一つ頷いて、美空は一気に階段を駆け下りた。

＊

「ありがとうございました」

聞き慣れたメロディーと共に、客が自動ドアから出ていく。その姿を見送り、歩は一つ息をついた。

二年前からバイトをしているコンビニ。利用客の大部分は、近くにある大学の学生たちだ。そのため大学が春休みの今は、客はまばらだ。特にすることもなく、歩はレジ前のイスに腰を下ろした。

（……何してるんだろ、オレ）

苛立ちにも、自己嫌悪にもとれる感情が、自身の中で渦巻いている。その根底にあるのは昨日、倫瑠に投げつけられた言葉だ。

『どうせ今のあんたがどんな名曲を歌っても、何も響かないし、届かない』

痣《あざ》のように消えずに残った言葉は、歩に痛みをもたらす。だから嫌いなんだ、暴言女。

歩が自嘲気味につぶやいた時だった。

自動ドアが開き、来客を知らせるメロディーが響く。顔を上げ、歩は慌ててイスから立った。

「いらっしゃ」

だが挨拶の途中で、歩は唖然とした。来客の正体が貴海だったからである。

「お疲れ、歩くん」

軽く手を上げ、貴海はなんでもない様子でレジに向かってくる。路上ライブの時とは違い、初めて出会った時と同様、今日はラフな服装だ。

「貴海さん？　どうしてここに？」

「前に歩くん、バイト先がこのコンビニだって教えてくれたよね」

　確かに路上ライブの依頼をする際、そんな話をした気がする。だが今聞きたいのは、そういうことではない。

「へえ、これが噂のオリジナルドーナツかあ」

　歩の戸惑いをよそに、貴海はレジ横のショーケースをきらきらした目で見ている。

「歩くんのお勧めは？」

「えっと、黒糖きなこかな」

　突然の質問に、とっさに歩は答えてしまう。貴海は少し考え込むような仕草をした。

「そっか。それなら」

「あ、でも店の一番人気はメープルですよ」

　急いで歩は口を挟んだ。自分の好みより、世間一般の意見の方が参考になるだろう。

「ふうん。じゃあホワイト&ミルクチョコにしよう」

　ぽんと貴海は手を打つ。

「こういう時、やっぱり優先すべきは自分の意志と好みだからね。あとカフェオレもよろしく」

　代金を支払うと、貴海はすたすたとイートインコーナーへと歩いていってしまう。あまりのマイペースさに、歩が意見を無視された虚《むな》しさを感じる間もない。

「おまたせしました」

注文されたドーナツをトレイに載せ、歩がテーブルに運ぶと、貴海はにこりと笑顔を見せた。

「ありがと。さっそくいただきます」

手を合わせるや否《いな》や、貴海はドーナツを口にする。

「うん。最近のコンビニスイーツは、本当に侮《あなど》れないな」

満足げな表情で、貴海はドーナツを頬張る。見ている方が空腹になりそうな食べっぷりに感心しつつ、歩はカウンターに寄りかかった。

「貴海さんって、いつも楽しそうというか、幸せそうですよね」

「ん？　そう？」

無意識に漏《も》らした本音に、貴海は首を傾げた。

「いつもかどうかはわからないけど、今は食べたいものが食べられているから、間違いなく幸せだね」

そう言う間に、ドーナツは減る。欲しいもの、好きなもの、望むもの。それらが手に入れば、人は幸せなはずなのに。

「……オレ、間違ってるんですかね」

気づけば歩は胸の内を吐露《とろ》していた。

「オレの歌、たくさんの人に聴いてもらって、評判も悪くない。貴海さんのおかげで、望んだはずの今を手に入れているのに。昨日あいつに言われたことが、ずっと消えずに残っている。それはたぶん、オレがあいつの言葉を否定しきれないからなんです。あれだけ言い返しておいて、今更なんですけれど」

一度漏れた本音は止まることなく、最後まで流れ出た。どうやら貴海の前だと、とことん格好悪い自分になれるらしい。

「他人に反論するより、自分を納得させる方が、意外と難しかったりするからね」

特に思案することもなく、貴海は答えた。そういえばこの人、オレよりいくつ年上だっけ。そんなどうでもいいことを、ふと歩は考える。

「僕も実際、歩くんのお勧めは捨てがたかったわけだし」

「え？」

唐突な話題変換に、歩は瞬きをした。

「それはその、ドーナツの話ですか？」

「ドーナツの話だね」

欠片《かけら》を口にし、貴海は頷く。

「ただささっき言った通り、僕は何かを選ぶ時、誰かの意見より自分の意志を優先するからさ。そもそもこういう選択には正解も不正解もないし、要は自分が納得できるかどうかだよ」

くるりとイスを回し、貴海は歩に向き直った。

「歩くんはさ、何のために歌うの？」

またしても唐突な話題変換だ。歩は本格的に返答に詰まる。

「誰かに褒められたい？　認められたい？　人気者になりたい？　それとも生活のためにお金が欲しい？　もしくは世間に訴えたい主張がある？」

どれも正解ではないのに、否定もできない。自分自身でも答えがわからずに、歩は眉を寄せた。そして気づく。今の自分は他人から与えられるものを享受するだけで、何も自身で選び取っていないことに。

「一つを選べって、ことですか？」

「別に一つじゃなくてもいい。複数を組み合わせてもかまわない。ただし自分なりの答えを見つけることだよ。揺るぎない核とか、信念みたいなものと言ってもいいかな」

歩を見つめ、貴海は穏やかに告げた。

「自らを灯火《ともしび》とし、自らを拠《よ》り所《どころ》として、他を拠り所とすることなかれ。数ある選択肢の中で、他の誰でもない歩くん自身が見つけ出した答えが、間違いなく正解だからね」

6

そして路上ライブ最終日、事態はさらに予想外の展開を見せた。

「……テレビの撮影？」

思わず美空がよろめくと、歩は真剣な面持《おもも》ちで頷いた。

「観客の中に関係者がいたみたいで、さっき路上ライブの映像を撮りたいって話を持ちこまれたんです。ただテレビって言っても、ローカルなケーブルテレビですよ。地元で活躍する人や、ちょっとした有名人を紹介するコーナーらしくて」

「ローカルでも、テレビはテレビですよね？」

美空は頭を抱えた。公共の電波に乗ったら最後、どこまで貴海の映像が広まるかわかったものではない。確実に檀家にバレるだろうし、もうこれ以上、貴海の知名度を上げられても困る。

「兄さん、どうするのよ」

尋ねつつ、美空は念じた。お願いだから断って。というか断れ。決死の想いを込め、美空は貴海を見つめる。だが当の貴海は平然としたまま、歩に問いかけた。

「歩くんは、どうしたい？」

被った帽子のつばをいじりながら、貴海は答えを求める。

「依頼は今日までだから、歩くんの希望をきくよ」

歩は眉を寄せた。しばらくして、腹を決めたように顔を上げる。

「できるなら、話を受けたいです。オレ一人じゃ絶対手に入らなかったチャンスを断ったら、何のために依頼をしたのかわからなくなるので」

「わかった。じゃあ歩くん、改めて曲順を考えようか」

「はい。お願いします」

ぺこりと歩は頭を下げる。その姿に確かな意志を感じ、美空は何も言えなくなった。便利屋として依頼人である歩の利益を考えるなら、間違いなくこの話は受けるべきだ。

(だけど、大丈夫かな……)

さっきから不安がどうにも消えない。美空はざわつく胸をぎゅっと押さえた。


現れたテレビクルーは、ベテランらしき中年カメラマンと若手の音声、女性リポーターの三人だった。

「本日は突然のお話を、受けていただいてありがとうございます」

二十代半ばのリポーターは頬を染めつつ、貴海にすり寄る。どうやら彼女によって、今日の話は持ち込まれたようだ。

「絶対に良い画《え》を撮りますので、よろしくお願いしますね」

語尾にハートマークがつきそうな口調で彼女は告げる。美空が苛立ちを感じると同時に、カメラマンと音声の男性二人はげんなりした表情をした。

「それでは皆さんも、よろしくお願いしまーす」

すでにスタンバイ済みの観客に向かって、リポーターはガッツポーズを作る。撮影が入ると知り、観客たちの気合いがいつも以上に入っていることは、彼女たちのメイクや手作りプラカードに加えられた装飾からもよくわかる。

対して歩は硬い表情で、深呼吸を繰り返していた。緊張と不安が伝わってくるようで、美空は両手を握り締める。

「生ではなく録画なので、好きなタイミングで始めちゃって下さい」

リポーターに促され、歩はギターを構え直す。だがいざ演奏を始めようとした時、貴海が口を開いた。

「突然ですがライブの前に、重大発表があります」

一体何を言い出すのかと、美空はぎょっとした。歩も手を止め、不思議そうに貴海を見ている。観客たちにも動揺が走った。

「重大発表って？」

「もしかしてデビューとか？」

期待と興奮が入り混じったざわめきが、徐々に大きくなっていく。皆の視線を一身に受け、貴海はにこりと笑った。

「僕は今、この場をもって路上ライブを卒業し、一般人に戻ります」

「え？」

全員が一斉に声を出した。平然と貴海は続ける。

「もともと僕は期間限定のボーカル代行で、場を盛り上げるための、いわゆるオープニングアクトみたいなものだからね。ここからは、メインアクトの出番だよ」

そう言って、貴海は歩を前に押し出す。急に注目の的にされ、歩は茫然と固まったままだ。

「あの、ちょっと」

慌ててリポーターが声を出した。

「どういうことですか？　私、ちょっと混乱して、意味が」

「要するに、イケメンのにーちゃんは客寄せパンダってことだろ」

背後にいたカメラマンが溜息混じりで言う。

「何が未来のスターを見つけただ。素人じゃあるまいし、まんまと乗せられてんなよ」

辛辣《しんらつ》な物言いに、リポーターは唇を噛み締める。しかしすぐに開き直ったように、ばさりと肩にかかった髪を払いのけた。

「もういい！　撤収っ」

やけくそのように言い放つと、リポーターは足音も荒く去っていく。やれやれと顔を見合わせ、カメラマンと音声も後に続いた。

テレビクルーがいなくなると、残った観客たちは口々にささやき出した。そんな中、覚悟を決めたようにユキノが貴海に近づく。

「もう、歌わないってことですか？」

「ごめんね。最初から、そういう予定だったから」

ユキノの悲痛な視線に動じることなく、貴海は答える。ユキノはきっと眉を寄せた。

「もったいないと思います。歌も巧くて、ルックスも抜群で、こんなに人気もあるのに。実際にテレビだって来て、デビューもきっと夢じゃない。私たちも、もっと全力で応援します。だから」

「気持ちはありがたいけど、それは僕の夢じゃないんだ」

ユキノの訴えを、貴海はやんわりと押し止める。ユキノは力なく肩を落とした。傍《はた》から見ても、落ち込んでいるのがよくわかる。

（けっこう本気で、兄さんのこと応援してたんだ……）

複雑な気持ちで美空はユキノを見つめた。一概にファンといっても、観客たちの反応は様々だ。落胆している人もいれば、不満げな人、つまらなそうにしている人もいる。

「……帰ろっか」

ふいに誰かがぽつりと言った。それをかわきりに、観客は一人、また一人と立ち去り始める。

「私たちも行こ」

小声で告げ、友人がユキノの手を引く。ユキノはまだ何か言いたそうだったが、黙って貴海に一礼すると、振り返ることなくその場を後にした。そして気づけば、あれだけいた観客は誰一人、いなくなってしまった。

（こんなのって……）

厳しい現実を目の当たりにし、美空は歩の様子をうかがった。歩は無人の空間を前に、大きく息をつく。

「……案の定、肝心なところで失敗するんだよな」

ぐしゃぐしゃと髪をかき混ぜ、歩は自嘲気味に笑った。

「本当は、ちゃんとわかってた。皆が聴いているのはオレの作った歌じゃなく、貴海さんが歌う歌だって。それでも心の片隅で期待してたんだ。その中の何人かにはオレの歌が届いてて、評価してくれているんじゃないかって」

歩にかけるべき言葉が見つからず、美空はうつむいた。やるせなさが、ただ胸を占める。

今回の依頼、一体誰が得をしたのだろう。観客に見放された歩、夢から現実に立ち戻るしかなかった観客たち、便利屋として観客の期待を突き放した貴海。それぞれの願望と意志がそぐわずに、皆が傷を負う結果になってしまった。

「そんなんだから、あんたはヘタレだって言うんだよ」

そこへ凛とした声が届いた。視線を転じれば、いつもの場所でギターを持った倫瑠が、厳しい目を歩に向けている。

「どうして観客に何の説明もしないわけ？　昨日私に言ったこと、話せばよかっただろ？もしかしたら一人くらい、理解してくれた人がいたかもしれないのに」

「……今更何を言ったって、言い訳にしかならないよ」

「私は言い訳じゃなく、主張をしろって言ってるの。受け入れられるか、拒絶されるかは問題じゃない。あんたの意志を、想いを、伝える努力をしろよ。言葉でそれができないなら、取るべき方法なんて一つしかないだろ」

もどかしげに言うと、倫瑠は歩の正面に移動した。

「あんたの全てを込めて、精一杯歌う。最初から、それしかないんだ」

倫瑠の主張は正論だが、歩には酷なことに思えた。あれだけの人に否定された今、歩に歌う気力があるとは思えない。

「歩くん」

そこで黙っている歩に、貴海が声をかけた。

「前に聞いたよね。どうして歌うのかって」

力なく歩は頷く。どうやら大智の読み通り、美空の知らない間に貴海が暗躍していたらしい。

「死中に活を得る。今この状況だからこそ、答えが見つかるんじゃないのかな。もちろん歩くんにまだ、歌いたい気持ちがあればだけれどね」

貴海の言葉を受け、歩は一度目を閉じた。自分自身と対話するように。胸の奥底を探るように。

「……オレの夢は」

そしてゆっくりと話し出す。

「誰かの支えになるような歌を作って、届けたいっていうのが始まりで。思い返せば最初の『誰か』は、他人じゃなくオレ自身だったんだ」

歩は目を開け、前を見据えた。

「上手くいかない現実に、負けないように。自分を肯定し、認めるために。他の誰でもないオレ自身を支える歌が、そもそもの原点だったはずなのに、いつの間にか周りの反応ばかり気にして、自分の存在を置き去りにしていた。自分の足で立ってないやつが、誰かを支える歌なんて届けられるわけないよな」

すとんと肩の力が抜ける。歩は開き直ったように空を見上げた。

「あーあ、何してんだろ、オレ。変わらなきゃってジタバタもがいて、大きく回り道して、けっきょく同じところに戻ってきただけかよ」

そう言う歩の顔は、どこかさっぱりしていた。無駄なものを手放し、身軽になったようにさえ見える。

「変わってなくは、ないんじゃないですか？」

自身の感覚を伝えたくて、美空は口を開いた。

「今の歩さんと、最初に会ったばかりの歩さんは、どこか違うと思います。どう変わったかは、上手く言えないんですけれど……。それを確認するために、歌ってもらえないですか？」

大智に笑われるかもしれないが、口や手を、出してもいいと美空は思う。歩のように真剣に悩み、道を模索し、それでも前に進もうとしている人間には。

「私には歩さんの悩みとか葛藤は、正直よくわかりません。でも今、歌い手の歩さんがいて、聴き手の私たちがいる。それ以外に歌う理由って、何か必要ですか？」

美空の視線を受け、歩は苦笑した。

「きみは、この上なくシンプルだな」

「美空は自他ともに認める単細胞だからね」

軽く笑って、貴海は美空の隣に並んだ。

「でも今回は、僕も美空に賛成だよ。自分なりの答えを見つけた、というより失くした答えを取り戻せたなら、歩くんはもう大丈夫」

歩と向き合い、貴海は続ける。

「随処《ずいしょ》に主となれば、立処《りっしょ》皆真なり。どんな状況であっても、自分が何をしたいかを見失わず、主体性をもって行動すれば、真実の方向へと進んでいけるものだからね」

「うわ。イケメンは言うこともイケメンかよ」

感心したように、倫瑠は声を出した。

「私は賛成というより、あんたが歌うのは義務だと思う。ここまでやっておいて、今更止めますなんて納得できるか」

憮然《ぶぜん》と腕を組み、倫瑠は言った。

「さっさと歌え。じゃないと一生、ヘタレって呼ぶからな」

「むしろお前、ヘタレって呼ばない気があるのかよ……」

ぼやきながら、歩はギターを構える。だがその表情に、もう迷いはない。

「それじゃ歌います。聴いて下さい、……『リスタート』」

曲名を告げた後、歩は精神集中をするように息を吐く。すると一瞬で、纏《まと》う空気がひどく静かになった。始まりの緊張に、美空は高鳴る胸を押さえる。

やがて流れるメロディーと共に、歩は歌い出す。軽やかで優しく語りかけるような曲調に、等身大の歌詞。歌唱力は、相変わらずそれほど高いわけではない。だがどこか歩らしいその歌に、美空は聞き入っている自分に気づく。今の歩の歌には、鼓膜ではなく心を震わせる何かがある。

『すごく楽しそうに歌ってた』

ふいに美空は、倫瑠の言葉を思い出した。

『歌が大好きで、歌えることが嬉しくて、今この時がどうしようもなく幸せだって、全身で表現しているみたいだった』

今の歩は、純粋に楽しそうだった。無駄な気負いが消え、歌うことへの躊躇《ちゅうちょ》も迷いもない。だからストレートに歌詞が響く。感情の乗った声は輝きを増す。ギターが奏でるメロディーは伸びやかに躍動し、聞き手を歌の世界へと、いつの間にか引き込んでいく。

そこで美空は隣から、別の声が聞こえることに気がついた。見れば倫瑠が歩に合わせ、小さく歌を口ずさんでいる。湧き上がる感情に突き動かされ、美空は倫瑠を前に押し出した。

「一緒に歌って下さい」

間奏に入ったところで、美空は手短に告げた。

「観客は二人いれば充分です。ここは一対三じゃなく、二対二でいきましょう」

倫瑠は一瞬、ぽかんとした顔をした。だがすぐに不敵な笑みを浮かべる。

「どうせならあいつと、サシで勝負してくるよ」

間奏が終わり、再び歩が歌い始めると、倫瑠はギターを鳴らし、声を発した。きれいなコーラスに、歩は驚いた顔をする。だが旋律は止まることなく、倫瑠に引っ張られるように、歌声は力強さを増した。

二人の声は時に重なり、時に負けじと張り合い、時に支え合うようにハーモニーを奏《かな》でる。二人が作り上げる歌と世界観に、美空は圧倒された。

（なんか、すごい）

以前テレビで、有名な男性デュオが話していた。デュオにおいて、一たす一は必ずしも二ではない。二人の声質、音域、テクニック、感性、そして歌への情熱。それらが奇跡的に重なり合った時、計算式の答えは十にも、百にもなるのだと。

美空には、歌の技巧的なことはわからない。ただ歩と倫瑠、二人の歌を聴いていると、白い世界が徐々に色づいていくように思えた。赤と青が溶け合って紫が生まれ、黄と青が重なって緑に変化する。そして二人を中心とした色とりどりの世界が、歌声にのって、鮮やかに輝き出す。光のように。希望のように。

それに何より二人は、とても楽しそうだ。歌が大好きで、歌えることが嬉しくて、今この時がどうしようもなく幸せ。その想いがダイレクトに胸に届く。そして心が奮い立つ。

前へ。明日へ。未来へと。

(……もしかして)

歌声に触発されるように、美空は一つの仮説を思いついた。初めて出会った日、歩が貴海に傾倒《けいとう》したのは、その姿に歌う楽しさを見たからではないだろうか。いつの間にか忘れてしまったものを、無意識に取り戻したいと願ったからではないだろうか。

サビを過ぎ、曲の終わりが近づいてくると、歩と倫瑠は共に名残惜しそうな表情を見せた。だが二人とも気も手も抜くことなく、歌い続ける。そして視線を交え、呼吸を合わせ、同時に弦を弾き、一曲を歌い切った。

「……すごい」

こういう時、己のボキャブラリーの乏《とぼ》しさが歯痒《はがゆ》い。せめて行動で感動を伝えようと、美空は拍手のために両手を上げた。だが一足先に、背後でパチパチと音が鳴る。一つ、二つ、三つ。徐々に増える多方向からの拍手に美空は驚いた。振り返ってみれば、いつの間にか数人の観客がいるではないか。学生にOL、サラリーマン、年齢も性別も様々だ。

「マスター?」

しかもそのうちの一人は、ツバキ珈琲店のマスターだった。美空が声を上げると、マスターは穏やかに微笑む。

「私の取り越し苦労でしたね。歩くんらしい、とても良い一曲でした」

どうやら先日の会話を気にして、様子を見に来たようだ。照れくさそうな表情で、歩がぺこっと頭を下げる。

「オレ、なんかスゲー感動した」

歩に話しかけてきたのは、丸々と太った若者だ。見たことがあると思ったら、サウスロードで漫才を披露しているコンビのボケ担当の青年である。

「こう心にグッときて、メラメラッとして、うおーって」

「日本語話せ」

ばしっとボケの後頭部に、ツッコミ担当青年の平手が入る。軽い笑いが起こる中、めげずにボケ青年は倫瑠に目を向ける。

「ねーちゃんは、スゲー歌巧いよな。良ければオレと一緒に」

「私、お笑い担当じゃないから」

すげなく倫瑠が返すと、さっきより大きな笑いが起きる。ツッコミ青年は微妙に悔しそうな表情だ。

笑いで場が和《なご》んだためか、観客たちは口々に話し始める。皆ほぼ初対面のはずだが、どこか相通じるものを感じたのだろう。歩はというと、ＯＬらしき女性に何やら熱心に感想を告げられているようで、顔を赤らめている。それを殺気立った目で見ている倫瑠の肩を、マスターがぽんぽんと叩いた。

「歩くん」

観客たちと嬉しそうに談笑していた歩に、貴海が呼びかけた。

「そろそろ二曲目が聴きたいんだけど」

歩はぱちりと瞬きをする。皆の視線が歩に向く。両足を踏みしめ、歩は笑顔を見せた。

「はい！　喜んで！」

温かな歓声と拍手が起こる。歩と倫瑠は視線を合わせ、ギターを構え直した。

7

翌日の放課後、昇降口を出たところで、美空は足を止めた。

風に乗って、校舎から聞こえてくる歌声。おそらく合唱部のものだろう。目に見えないはずの歌を追うように、美空は視線を空へと転じた。

この空の下、あの二人もまた、歌声を響かせているのだろう。ケンカをするように、息をするように。

「リスタート」

告げると同時、美空は駆け出した。春はもう、すぐそばまで来ている。

＊

　歩がサウスロードに着いた時、まだ倫瑠はいなかった。昨日の今日で照れ臭いような、恥ずかしいような、なんだか顔を合わせづらい気分だった歩は、心のどこかでほっとする。

　昨夜は最終的に五曲を歌い切ったところで、路上ライブは終了した。観客たちの反応は上々で、貴海の時に比べれば数では劣るかもしれないが、結果としては成功と言えるだろう。そして全ての歌に付き合った倫瑠の存在が、歌の出来栄えを上げていたのは間違いない。

（あいつ、オレの歌、全部覚えているんだな）

　今更ながらに気づいた事実に、歩は頭を掻《か》いた。隣にいて、顔を合わせれば言い争いばかりしていた近くて遠い存在が、急に距離を越えて、目の前に立ったような気分だ。

（とりあえず、礼は言おう）

　腹を決め、歩は路上ライブの準備に取り掛かる。すると背後から声がかかった。

「今日もお互い、がんばろーなー」

　誰かと思えば、昨日知り合いになった漫才コンビの青年たちだ。そのまま歩いて行く二人の背に、歩は急いで声をかける。

「今度そっちのライブ、絶対見に行くんで！」

そう言うと二人は立ち止まって振り返り、同時にぐっと親指を立てて見せた。グッドラック。歩も同じように、彼らの幸運を願う。

進んでいく彼らの先、サウスロードには大勢の夢追い人たちがいる。皆それぞれの意志と勇気を武器に、夢を掴むため戦っているのだ。

「オレも、がんばんないと」

「何ブツブツ言ってんだよ」

気合いを入れ直した直後、冷めた声が耳に届く。びくりと歩が振り向けば、ギターケースを背負った倫瑠が立っていた。

「相変わらずヘタレだな」

「お前、なんでもかんでもヘタレで片づけるなよ」

いつも通りの倫瑠に、思わず歩は苦笑する。定位置でギターケースを下ろした倫瑠は、歩の方を見た。

「もういないんだ。あのイケメンと妹」

「ああ、依頼は昨日までだったから」

「ふうん。じゃあ寂しくて仕方がないんだろ」

「別に寂しくねーよ。会おうと思えば、いつでも会える」

なぜか自然とそう思った。依頼が終わっても、依頼人ではなくなっても、貴海と美空に会う機会は無限にある。それこそ意志と勇気を持って、歩が行動さえすれば。

「だから次会うまでに、オレもできる限りレベルアップしないとな」

　一つ息をつき、歩は倫瑠に向き直った。

「昨日はありがとな。お前がいてくれて、本当に良かった」

　倫瑠の目が、真ん丸になる。驚いた猫みたいだなと思いつつ、歩は続けた。

「そして礼ついでに提案がある。この境界線、撤廃しないか？」

　歩は足元を指さした。

「お前とオレは、敵同士じゃない。同じ夢を追うライバルというか、むしろ同志というか」

　じいっと食い入るように、倫瑠は歩を見つめてくる。なんとなく倫瑠の目を直視していられなくなり、歩は視線をそらした。すると唐突に、ぐいっと胸倉を摑まれる。

「そういう大切なことは、最後まで目を見て言え」

　ありえない近さで、倫瑠と視線がかち合った。光が凝縮したような黒い瞳に捕らえられ、一気に歩の鼓動は速まる。

「だからヘタレだって言うんだよ」

　にっと楽しそうに笑うと、倫瑠は軽やかに歩を突き放した。本当に我の強い、気まぐれな猫みたいだ。収まらない鼓動が悔しくて、歩は眉を寄せる。

「でも境界線って、今更だよね。音楽には国境もないってのに」

ケースからギターを取り出し、倫瑠は肩をすくめる。歩は頷いた。境界線も二人の距離も、こんなに簡単に越えてしまえるものなのだ。

「それで？　何から歌うわけ？」

当然のように倫瑠は尋ねてくる。負けたくないのに、敵《かな》う気がしない。苦笑しつつ、歩もギターを手にした。

「お前の好きなのでいいよ」

「じゃあ決まってんじゃん」

鮮やかに倫瑠は笑う。その眩《まぶ》しい横顔を見て、新しい歌が作りたいと思った。歩が届けたい歌。倫瑠に歌ってほしい歌。そして二人で紡《つむ》ぐ歌。

「歩」

焦《じ》れたように倫瑠が名前を呼ぶ。もう言葉は必要ない。視線が合えば、それがスタートの合図。

（全力で、歌え）

明日へと続く、果てなき希望の歌を。

＊

数日ぶりに安住家を訪れた大智は上機嫌だった。

そして久々の手料理を振る舞った後、居間でくつろぐ美空に大智は衝撃の事実を告げたのだ。

「学年で、十位以内……？」

啞然として、美空は大智を見上げた。

「信じられない……。だってあのM大付属高校だよ？　そこに通っているだけでもすごいのに、テストで十位以内に入るって……」

「まあ普段、貴海さんに勉強を見てもらっている以上、オレだって下手な順位は取れねーからな」

あっさりと答えつつ、大智の口元は喜びを隠しきれていない。

「それに学生の本分は勉強だからって、路上ライブの依頼の手伝いも断られたし。そこまで言われたらもう、やるしかねーだろ」

「ん？」

そこで美空は首をひねった。

「もしかして瀬崎くんの『やるべきこと』って、テスト勉強のことだったの？」

「そうだな。改めて言うのも格好悪いから黙ってたけど、貴海さんに聞いてなかったのか？　つーかお前、オレのやるべきことって何だと思ってたんだよ」

新作料理の開発とは口が裂けても言えない。美空は笑って曖昧《あいまい》に誤魔化《ごまか》した。

「んでそっちはけっきょく、上手くいったのかよ」

「うん。大丈夫」

美空は力強く頷いた。もちろんスランプを克服したからといって、歩の夢が叶うかどうかはわからない。だが何度転んでも、膝をついても、歩はその場にスタートラインを引いて立ち上がり、また前へと進んでいくのだろう。心の支えである、大好きな歌と共に。

(それに隣には、心強い同志もいるし)

ケンカするほど仲が良い、とはあの二人のためにあるような言葉だ。歩と倫瑠を思い出し、美空は笑いを噛み殺した。

「大智は今回、本当によくがんばったよね」

そこへ台所からカップの載った盆を持った貴海が現れた。漂うのはコーヒーの豊かな香り。夕食後、台所で何をしていたのかと思えば、珍しく自分でコーヒーを淹れていたらしい。

「ということで、これは僕からのご褒美《ほうび》だよ」

にこりと笑い、貴海はカップを大智の前に置く。確かに貴海自らがコーヒーを淹れるのは稀《まれ》だが、果たしてご褒美と言えるだろうか。そんなことを思っていた美空だったが、カップの中身を見て驚いた。

「何なの？　このラテアート！」

　そこには花丸が描かれ、さらに「よくできました」のメッセージまで添えられている。認めたくはないが、なかなか見事な出来栄えだ。

「マスターに教えてもらったんだよ。歩くんに触発されて、僕も何かに挑戦しようと思ってさ。ただ必要な機械は借りただけだし、これは今回だけね」

「マジか。最初で最後とか、すげー貴重じゃねーか」

　おもむろに大智は携帯を取り出し、ラテアートを画像に収め始める。マスターのラテアートを熱心に観察していたのは、このためか。ある意味、貴海の抜け目のなさに、美空は脱帽する。

「じゃあこっちは美空に」

「え？　私の分もあるの？」

　思わず美空は声を上げた。てっきり大智の分のみだと思っていたのに。

「美空も今回、がんばったからね。その労《ねぎら》いかな」

「ありがと」

　照れ隠しに平静を装いつつ、美空は置かれたカップを覗き込む。そこに描かれていたのは「脱・平均点♪」の文字。

「何よこれ！」

　直後に美空は声を荒立てた。貴海は平然と応じる。

「美空は普段、優秀な大智に勉強を教わっているだろ？　だから次の成績には大いなる期待を込めてのラテアートだよ」

「今回の依頼も労いも関係ないじゃない！　ただの嫌味でしょ？」

「お前、あんまりひがむなよ」

「ひがんでない！　でも瀬崎くんとの扱いが違いすぎるっ」

　大智の言葉を撥《は》ね付け、美空は言い返した。空になった盆を回し、貴海は笑顔を見せる。

「扱いが違うのは当然だよ。美空は美空。大智は大智。違いを楽しんでこその、人生だからね」

「名言っぽくまとめようとするな！」

　納得がいかず、美空は怒鳴る。ラテアートの音符が笑うように、カップの表面で軽やかに揺れた。

第三話　モブとプリンスの長い長い戦い

1

春の足音が聞こえ始めた三月初旬。美空《みそら》が学校から帰ると、すでに玄関に依頼人のものと思われる男物の靴があった。

(しまった。一足遅かった)

今日に限って乗り継ぎが上手くいかず、目当ての電車に乗り損ねたのが原因だ。後悔を胸に、美空はこそこそと靴を脱ぐ。

なんとなく足音を忍ばせ、廊下を進む。すると和室から話し声が聞こえてきた。笑い声も混じっていることからして、依頼ではなく世間話でもしているようだ。

(今更、入りづらい……)

タイミングが計れず、和室前で美空は躊躇《ちゆうちよ》する。すると唐突に襖《ふすま》が開き、貴海《たかみ》が現れた。

「おかえり、美空」

「た、ただいま」

盗み聞きがバレたような気まずさに、美空は上擦《うわず》った声を出した。貴海は気にする様子もなく、和室にいる人物へ振り返る。

「赤星《あかほし》、さっき話した便利屋アルバイトの妹だよ」

こちらの心構えなど一切無視した紹介に、仕方なく美空は貴海の背後から顔を出した。

「はじめまして、安住《あずみ》美空です」

名乗ると同時、ぺこりとおじぎをする。顔を上げると、依頼人らしき男性と目が合った。年齢は貴海と同じくらいだろうか。少々目つきのきつい三白眼に、寝ぐせかオシャレかよくわからない無造作な髪型をした人物である。

依頼人は何も言わず、大きいとは言えない目を見開いて、ぽかんと美空を見つめている。ある意味、慣れ親しんだ反応に、美空は密《ひそ》かにむっとした。

（悪かったわね。予想外に普通な妹で）

顔には出さず、心の中で悪態をつく。今までの経験上、初対面の相手は「安住貴海の妹」に、勝手な夢と理想を抱きがちだ。そして嫌でも彼らに現実を見せつけるのが、美空の役目なのである。

「美空、こっちは赤星圭人《けいと》。僕の中学時代のクラスメートだよ」

「え？」

マイペースな貴海の紹介を受け、今度は美空が驚く番だった。意外な関係に、まじまじと赤星と呼ばれた男を観察する。すると眠りから覚めたように赤星は瞬《まばた》きをし、口の端を吊り上げた。

「元同級生ってのが、そんな珍しい？」

にっと笑い、赤星は立ったままの美空に、恭《うやうや》しく頭を下げる。

「以後お見知りおきを、プリンセス」


美空の赤星に対する第一印象は、「笑顔が胡散臭《うさんくさ》い、不真面目《ふまじめ》そうな人」だった。そのため彼の職業を聞いた時は、思わず目を丸くした。

「小学校の、先生？」

美空の視線を受け、赤星はにやにやと笑う。

「今、なんでこんな不真面目そうな人が？　って思ったろ」

ずばり言い当てられ、美空は顔を引きつらせる。赤星は無遠慮に吹き出した。

「ぶっは。プリンセスは意外に単純だな。スゲーわかりやすい」

「あの、その呼び方止めて欲しいんですけど」

苛立《いらだ》ちを押さえつつ、美空は言った。赤星は肩をすくめる。

「なんで？　きみのお兄さまは中学の頃、皆からプリンスって呼ばれてたんだぜ？　その妹なんだから、プリンセスでいいだろ」

知りたくもなかった情報に、美空は辟易《へきえき》した。当の貴海は涼しい顔で、美空の淹《い》れた茶を飲んでいる。

「当時の兄さんがどうであろうと、今の私とは関係ありません。とにかく却下です」

きっぱり告げると、赤星はまだ何か言いたそうな顔をする。トンと音をたて、貴海が湯飲みを置いた。

「赤星、そのへんで止めておいた方がいいよ。美空を怒らせると、強烈な回し蹴りをお見舞いされるからね」

「ちょっと！」

何を言い出すのかと美空は焦《あせ》るが、貴海が動じるわけもない。

「美空は子供の頃から、仁《じん》を心の師匠として慕《した》っていてさ。仁の空手の試合を見た次の日は、境内《けいだい》の桜の木相手に一人、猛特訓をしていたしね。しかも中学の時は、嫌ってほど実践で」

「もううるさい！」

とっさに美空は貴海の口を両手で塞《ふさ》いだ。子供の頃の恥ずかしい思い出はともかく、中学時代の悪行を暴露されてたまるか。

「へえ。空手やってたんだ。カッコいいねえ」

感心したような赤星の言葉を訂正せず、美空は故意に聞き流すことにした。元不良より、元空手少女と思わせておいた方が賢明だろう。

「しかも大魔神の愛弟子《まなでし》って、相当な実力者なんじゃね？」

「大魔神？」

美空は首を傾《かし》げる。貴海はくすりと笑いを漏《も》らした。

「仁の中学時代のあだ名だよ。怒らせると、それはもう本当に怖くてさ」

「どうせ兄さんが、怒らせるようなことばかりしていたんでしょ？」

美空は呆《あき》れて息をついた。貴海と仁の関係性が、昔も今も変わらないのは重々承知している。

「じゃあ美空のネタはこれくらいにして、そろそろ本題の依頼の話をしようか」

今までの話を打ち切るように、貴海はパンと手を打った。私の話は前フリかと不服に思ったが、美空はあえて口を閉ざした。子供のような大人二人を相手にする時は、自身が大人になるしかないのだ。

「それでは、改めて」

わざとらしく咳払いをし、赤星は姿勢を正した。

「さっき話した通り、オレはこう見えて小学校のセンセイなわけだ。大学卒業後、雨の日も風の日も地道に働き続けること四年、今期限りで異動が決まってさ」

「へえ、何かやらかしたの？」

笑顔で貴海は尋ねる。赤星はわずかに嫌そうな顔をした。

「やらかしてねーよ。ごく普通の異動で、別の学校に赴任するだけだ」

「そうなんだ。放送室をジャックしてオリジナルコントを披露《ひろう》したり、歴代校長の写真に落書きして独創的アートにしたかと思ったのに」

そう言う貴海は、微妙につまらなそうな表情だ。元クラスメートに何を期待しているのかと、美空は軽く兄をにらんだ。赤星も複雑な顔をしていたが、気を取り直したように話し始める。

「思い入れもあるし、今の小学校は好きだけど、別に異動自体に不満はない。ただ一つだけ、心残りがあってさ。それを解消するため手を貸して欲しいんだよ」

「学年主任にお礼参りとか、伝説に残る武勇伝作りとか、そういう手伝いは嫌だなあ」

至極《しごく》真面目な顔で貴海は応じる。赤星はすっと視線を美空に移した。

「プリンスって、いつもこんな感じ？　それともオレに対してだけ？」

「通常運転です」

ある意味、敵なしの貴海に脱帽しつつ、美空は答えた。だが同時にふと、赤星の言葉に違和感を覚える。

美空からすれば、貴海の言動は普段通りだ。むしろ美空や仁を相手にしている時の方が、もっと無遠慮かつふざけている気がする。しかしそんな貴海に対し、意外にも赤星は戸惑っているらしい。そうなると元クラスメートといっても、二人は気兼ねなく会話するほど、親しい間柄ではないということだろうか。

「僕と赤星が会うのは、中学卒業以来だからね」

まるで美空の心を読んだかのように、貴海が言った。

「十年超のブランクに、お互い手さぐり状態なんだよ」

そこで貴海は赤星に視線を移し、にこりと笑いかける。

「けど僕としては、純粋に再会できて嬉しいかな。しかも依頼人として、仕事もくれるわけだし」

言葉より雄弁な極上の笑顔を向けられ、赤星は頰《ほお》を引きつらせた。どうやら笑い返そうとして失敗したようだ。純粋に嬉しいと言うなら依頼は必要ないだろうと、美空は心の中で冷静につっこんだ。

「それで赤星さんの依頼は何なんですか？」

積極的に聞きたいわけではないが、これ以上、貴海に主導権を握らせると話が進まない。

仕方なく美空が先を促《うなが》すと、赤星は一つ息をつき、口を開いた。

「オレの依頼は、うちの小学校の七不思議の調査」

「は？」

思わず美空は問い返した。美空相手に余裕を取り戻したのか、赤星に笑みが戻る。

「他の学校はどうか知らねーけど、うちの小学校にはわりと定番な七不思議があってさ。『目の光るベートーベンの肖像画』『真夜中に鳴るピアノ』『トイレの花子さん』『動く人体模型』『過去に戻れる鏡』『歩く二宮金次郎像』『開かずのドア』の七つな。これが果たして真実なのか、ただの噂なのか。そのへんを確かめないと、気になって新しい小学校に赴任できないだろ？」

「いや、できますよね？　そもそも学校の七不思議を確かめるとか、子供じゃあるまいし……」

　言いかけて、美空ははっとした。子供ではないからこそ、厄介な人物が隣にいるのを忘れていた。

「うん。面白そうな依頼だなあ」

　案の定と言うべきか、貴海は目をきらきらさせている。なぜこういう時に限ってやる気を見せるのか、美空としては全く理解ができない。

「やっぱり夜の校舎に忍び込むんだよね？」

　貴海の問いかけに、赤星は頷いた。

「春休みに入る前の何日間か、最後の奉公ってことで、宿直をやらせてもらうんだ。その時なら問題なくいけるな」

　乗り気になった貴海を前に、赤星は気を良くしたのか、得意げに語る。だが美空からしたら、問題は大有りだ。

「兄さん、落ち着いてよく考えて」

いきなり依頼却下を主張しても、貴海には逆効果に違いない。なけなしの脳力をフル活動させ、美空は続けた。

「深夜の学校に忍び込むなんて、バレたら現役教師の赤星さんはもちろん、私たちだって檀家《だんか》さんの手前、すごくまずいことになると思わない？」

「そのへんは大丈夫だよ」

貴海はにこりと笑った。

「学校の怪現象を治めるため、赤星に頼まれたって言えば、皆納得してくれる。なんと言っても僕は便利屋であると同時に、晴安寺《せいあんじ》住職の息子だからね」

「そんな言い訳、通じるわけないでしょ……」

美空は頭を抱えた。檀家の貴海ファンならともかく、「寺＝お祓《はら》い」で皆に許されると思ったら大間違いだ。

「ははっ、やっぱプリンスはすげーな。まさに不可能を可能にする男」

赤星は肩を震わせる。この瞬間、子供のような大人二人を相手に、美空は完全なる敗北を悟った。

「んじゃ、当日はよろしくな」

「うん。了解」

クラスメート同士の約束のように、あっさり依頼契約が結ばれる。逃れられない厄介事《やっかいごと》の到来に、美空は力なく項垂《うなだ》れた。

＊

晴安寺の門を出たところで、赤星は大きく伸びをした。背中や首に痛みを感じることからして、貴海相手に思ったより緊張し、身体《からだ》が縮まっていたことに気づく。

「……カッコわり」

ぽつりと言い捨て、赤星は歩き出した。無理な作り笑顔で引きつった感じのする頬を擦《さす》りつつ、携帯を取り出す。

画面をタップし、呼び出すのは中学からの悪友二人の連絡先。送るのは手短なメッセージだ。

〈任務完了。決行は予定通り〉

短く息をつき、携帯をしまおうとしたところで、すぐに二人から返信が来た。

〈ラジャ!〉

〈おつ。無事生還おめでと〉

待ち構えていたかのような早さに、赤星は思わず苦笑する。

「二人そろって暇人《ひまじん》かよ」

お前もな！　とこの場に二人がいたら、間違いなくつっこまれるところだ。明日にでも、作戦会議という名の飲み会をするか。馴染《なじ》みの居酒屋を何軒か脳内でピックアップしつつ、赤星はふと振り返って、晴安寺を仰ぎ見た。

（十一年ぶり、か）

中学卒業後、プリンスこと貴海には一度も会ったことはない。その必要性も、機会も意志も、赤星は持ち合わせていなかったからだ。

（でもやっぱ、意外だったたな）

勝手なイメージだが、大人になった貴海は誰もが羨《うらや》むような有名企業に勤めていて、社内の女性たちの憧れの的のエリート社員にでもなっていると決めつけていた。もしくは社長令嬢や上司の娘に見初められ、逆玉《たま》の輿《こし》にでも乗って、セレブの仲間入りでもしているかと思っていた。

（それが便利屋……ね）

なぜ貴海が今の生活スタイルを選んだのか、赤星にはわからない。ただ一つわかっていることは、彼が便利屋であるからこそ、今回の計画が実現できるということだ。

「覚悟しろよ、安住貴海」

ごく自然な笑みを浮かべ、赤星は宣戦布告する。

「十一年越しのリベンジマッチ、目に物を見せてやる」

2

ホームルーム終了後、日直だった美空は学級日誌を届けるため、職員室へと向かった。その途中、いつもは通り過ぎるだけの音楽室の前で、ふと足が止まる。

（学校の七不思議といえば……）

目の光るベートーベンの肖像画。一人でに鳴りだすピアノ。音楽室は、不思議の宝庫ではないか。

「ねえ、中に入りたいんだけど」

どんよりする美空の背後で声がした。振り返れば、上級生らしき女生徒が立っている。クラリネットを持っていることからして、吹奏楽部員だろう。

「すみません」

頭を下げ、美空は慌《あわ》ててドアの前から退《しりぞ》いた。女生徒がドアを開けると、中には数人の部員が楽器の準備に取り掛かっている。和気あいあいと談笑する姿は平和そのもので、七不思議の気配など微塵《みじん》も感じない。一つ息をつき、美空は歩みを再開した。

そもそも自分の通う高校に、七不思議はあるのだろうか。歩きながら美空は首をひねった。それに思い返してみれば、小・中学校の時も、その手の噂は聞いたことがない。代わりに語り継がれていたのは、貴海に関する伝説や逸話の数々だ。

貴海が使っていた机で勉強すると、テストで良い成績が取れる。貴海の写真を携帯の待ち受けにすると、恋愛運がアップする。貴海が触れて笑いかけたら、枯れかけていた桜が花を咲かせた。などなど。

誰が言い出したのかは知らないが、間違いなく全てガセネタだ。なぜなら貴海は特殊能力など持ち合わせていない、ただの一般人だからである。

(でも中学の頃の兄さんって、どんなだったのかな)

当時、美空は幼稚園児で、貴海の学校での様子を知る術《すべ》もなかった。覚えているのは、やたらに女子人気が高かったことと、今と変わらず仁に面倒をかけていたことくらいだ。そして美空自身が中学生になった時、担任に比較されることで、貴海がカリスマ的な特別な生徒であったことは嫌というほど理解した。

そんな貴海が学生時代、仁以外の生徒たちとどのように付き合っていたかは正直謎だ。今の貴海は幅広い交友関係を保持しているが、そこに学生時代の知り合いが含まれている様子はない。よって元クラスメートである赤星の登場は、美空にとって驚きと同時に、一抹の不安をもたらす。

(だってなんか、変な感じだったし)

くだけた口調とは裏腹に、赤星の貴海に接する態度には、妙な固さとよそよそしさがあった。それは久しぶりに再会したクラスメートに対してというより、苦手な相手に対しての反応のように、美空には思えたのだ。

よって貴海に好感も懐《なつ》かしさも持ち合わせていない赤星が、なぜ便利屋に依頼を持ち込んだのか、明確な理由はよくわからない。しかも依頼内容は、七不思議の調査ときている。

（絶対にこれ、厄介な展開だよね……）

溜息をつき、美空は廊下を進む。目的の職員室を通り過ぎたことなど、全く気づいていなかった。


その日の晩、久しぶりに仁が安住家にやって来た。赤星の件で頭を悩ませていた美空にとって、まさに神がかり的な来訪である。しかも手土産が人気洋菓子店「ボヌ・シャンス」の新作ケーキだったため、嬉しさは倍増だ。

「はあ……やっぱり美味《おい》しい……」

新作のフルーツケーキを口にし、美空はうっとりした。生クリームの口どけとスポンジの柔らかさに、脳内が幸せ物質で満たされていく。以前に食べたケーキと同様に、今回の新作も食べた人を笑顔にするケーキだ。

「美空は本当に美味《うま》そうに食べるよな」

「だって本当に、すっごく美味しいもん」

仁の笑いを含んだ言葉に、美空は力強く答える。

「ボヌ・シャンスの新作ケーキ、発売されてすぐに食べたかったんだけど、路上ライブで忙しくて買いに行ってる暇がなくて」

「ああ、例のやつな……」

微妙に仁は疲れた顔をする。どうやら毎日送りつけられた貴海の生歌を、思い出したらしい。

「だから仁が差し入れを持って、陣中見舞いに来てくれればよかったんだよ」

隣りでケーキをもぐもぐ食べながら、貴海は偉そうに苦言を呈《てい》する。

「僕のライブを見る機会は、そうそうあるものじゃないのに」

「お前のライブなんて、高校の学祭で見ただけで充分だ」

呆れたように仁は嘆息する。

「それでも問題なく終わったんだろ?」

「うん。新曲ができたお祝いに、またオリジナルドーナツを食べに行く約束をしているよ」

「……よくわかんねーけど、まあいいや」

会話が面倒になったのか、仁はさじを投げる。新曲祝いなら路上ライブを見に行くべきだと思ったが、美空もあえて追及は控えることにした。

「じゃあ今は路上ライブの依頼も終わって、一段落ってとこだな」

「ええっと、実はそうでもなくて」

また仁の心労を考えると申し訳なく、おずおずと美空は口を開いた。

「仁ちゃんは、中学の時のクラスメートで、赤星圭人さんって覚えてる？」

「ん？　赤星？」

仁は不思議そうな顔をする。そこで美空は手短に昨日の出来事を説明した。話を聞くうちに、どんどん仁の表情は渋くなる。

「お前はまた、そういう面倒なことを……」

最終的に大きな溜息をつき、仁は貴海に目をやった。ケーキを頬張りつつ、貴海は小首を傾げる。

「なんで？　深夜の学校に忍び込むなんて、大人になったらなかなかできないよ？」

「できないじゃなく、普通はしねーだろ。しかも依頼人が、あの信号トリオの赤星圭人かよ」

「信号トリオ？」

初めて聞く呼び名に、美空は瞬きをする。仁は頷いた。

「中学の頃、赤星は青江《あおえ》と黄曽《きそ》っていう男子三人で、いつもつるんでたんだ。三人とも名前に『赤』『青』『黄』と色が入ってるだろ？　それで三人合わせて信号トリオって呼ばれていたんだよ。本人たちもその呼び名が気に入ってたのか、それぞれの色に合わせた、ふざけた名乗り口上まで作ってたな」

「へえ、なんかお笑いの人たちみたい」

「お笑いというか、いわゆる三人組の問題児だ。くだらない悪ふざけやいたずらばかりして、よく教師の手を焼かせててさ。あいつら変な格言というか、妙なモットーみたいなもんを公言してたよな」

　仁の視線を受け、貴海はくすりと笑いを漏らす。

「うん。『一日一笑』だよね」

「ああ、それだ。一日に一回、笑えることをするとか言ってな。女子の制服を着て学校に来たり、無駄に長い校長の話の途中で目覚ましのアラームを鳴らしたりしてたっけ」

　美空は顔を引きつらせた。一日一善とは違い、本人たちは楽しいかもしれないが、周りにとっては傍迷惑《はためいわく》な行為である。

「それで三人の中でもリーダー格の赤星は、何かと貴海に絡《から》んでくる面倒なやつだったな。本人にその気がなくても、貴海は校内一の有名人だったから、対抗意識があったんだろ。確か二年で同じクラスになった初日に、『打倒プリンス』とか宣戦布告してきてたんじゃなかったか？　まあ卒業するまで、赤星の全戦全敗だったけどな」

「じゃあ赤星さん、兄さんと仲が良かったわけじゃ……」

「ないな。むしろこいつ、目の敵《かたき》にされてたし」

「そんな人の依頼を、あっさり受けるなんて……」

仁の話を聞き、信じられない想いで美空は貴海を見た。貴海はケーキを食べ終え、美空の淹れた紅茶を悠然と飲んでいる。

「赤星だって、今はちゃんと小学校の先生をやっているみたいだし、問題ないよ。悪ふざけもいたずらも、卒業したんじゃないのかなあ」

だから赤星が異動の話をした際、何かやらかしたのかと尋ねたのか。依頼人の情報があるのなら、最初から話して欲しいものだ。

「でも依頼が七不思議の調査だよ？　昨日のふざけた感じからしても、赤星さんが真面目に依頼しているとは思えない。しかも兄さん、赤星さんに嫌われていたんでしょ？」

「まあ常識的に考えれば、断るべき依頼だろ。深夜の学校に呼び出して、何かするつもりかもしれないしな」

美空の非難に対し、仁が同意を示す。だが貴海は素知らぬ顔だ。

「便利屋は何でも屋で、可能な限り依頼は受けるからね。それにそんなに心配なら、仁も一緒に来ればいいじゃん」

貴海の提案に、仁は眉を寄せた。

「オレは行かねーよ。お前だけでも面倒なのに、加えて赤星の相手なんてしていられるか」

「最近の仁は仕事ばっかりだし、たまには息抜きと娯楽が必要だよ。当日は夜の十二時に現地集合だから、くれぐれも深夜残業はしないようにね」

「だから行かないって言ってんだろ」

「赤星の小学校の場所の地図、携帯に送っておくからさ。当日、夜食は持っていくべきかなあ」

「絶っ対にオレは行かないからな」

仁は本気で嫌がっているが、貴海は実に楽しそうだ。そんな二人のやりとりを見て、美空は乾いた笑いを浮かべる。

（私にも、拒否権があればいいのに）

叶わない望みは、虚《むな》しさを倍増させるだけだ。自分の立場を嫌というほど理解し、美空は残りのケーキを口に入れた。


その後、貴海と仁を一階に残し、美空は学校の課題を片付けるため、二階の自室へと戻り机に向かった。たとえ便利屋に依頼があったとしても、課題が免除されるわけではない。そしてその逆もまた然《しか》りだ。

ただ時折大智《だいち》に勉強を見てもらっているおかげか、以前に比べ、課題に費やす時間は短くなった気がする。だからといって目に見えて成績が上がるわけではないのが、悲しいところだが。

(でも瀬崎《せざき》くんには、助けてもらってばかりだな)

シャープペンを動かす手を止め、ふと美空は思う。何も勉強に限ったことではない。週に一度は作ってもらう晩御飯。それにバレンタインデーや路上ライブの依頼の際は、何かと手を貸してくれたり、アドバイスをしてくれたりしている。

『便利屋助手も、悪くねーな』

バレンタインデーの最後、大智が笑顔で告げた言葉を思い出す。あの時感じた想いに引かれ、美空は無意識に机に置かれた携帯に手を伸ばした。だがすぐに我に返り、慌てて手を引っ込める。

(だめだめ。今回は、絶対にだめ)

ぶんぶんと頭を振り、自分に言い聞かせる。七不思議を調査するために、一緒に夜の学校に忍び込まない？　などとは口が裂けても言えない。そんなことを言ったら最後、大智は躊躇なく現場に駆けつけてしまう。しかも間違いなく、貴海への夜食持参で。

「いいんだ。犠牲者は私だけで……」

悟ったような気分で、美空はつぶやく。すると階下から、ご機嫌な貴海の笑い声が聞こえてきた。どうやら仁相手に飲酒タイムに突入したらしい。今の安住家にはバレンタインデーで貢《みつ》がれた高級ワインや希少な日本酒など、アルコール類が多種あるのだ。それもこれも、貴海が底なしの酒豪だからである。

（……人の気も知らないで）

美空はシャープペンを握り締める。そして階下へのささやかな抗議として、ドンと踵《かかと》を床に叩きつけた。

3

金曜日、深夜十二時。予定通り美空と貴海は、赤星の勤める小学校に到着した。

「ようこそ。マイ・スイート・エレメンタリースクールへ」

恭《うやうや》しく頭を下げ、赤星は中から通用門を開ける。彼のふざけた出迎えのせいで、美空の嫌気は倍増した。

（仁ちゃん、やっぱりいないんだ）

通用門を抜け、校庭横の道を歩き、校舎を目指す。月明かりに照らされた道を進みながら、美空は密《ひそ》かに落胆した。仁は来ないと頭では理解していたものの、心のどこかで「もしかしたら」と期待していたらしい。

「赤星は夜食持ってきた？」

「持ってねーよ。さっきカップラーメン食ったけど」

「へえ、僕は最近お気に入りの、コンビニドーナツを持ってきたよ」

「それ夜食っていうより、おやつじゃね？　どうせなら懐かしの焼きそばパンが食いてーな」

　全く緊張感のない貴海と赤星の背中を、美空は冷めた目で見つめた。これからこの二人と深夜の学校を回るのかと思うと、いろいろな意味で気が滅入《めい》る。

　やがて二つある校舎のうち、校庭に面した一棟に辿《たど》りつく。赤星が宿直のためか、あっさりと校舎脇の玄関から中に入ることができた。どこかの窓からの侵入を想像していた美空としては、少々拍子抜けだ。

　だが持参した上履きに履き替え、いざ歩みを進めようとしたところで、急に足がすくんだ。非常灯に照らされているが、先の見えない暗い廊下。呼吸すら思い止まるような静寂。真夜中の学校の恐怖は、計り知れないものがある。

「じゃあまずは、音楽室へレッツゴー」

　場違いに明るい声で告げ、赤星は歩き出す。美空はそっと貴海の隣に並び、さり気なくコートの裾《すそ》を掴《つか》んだ。

「なに？　ドーナツ欲しいの？」

「違うわよ！」

貴海の的外れな発言を、美空は全力で否定した。こんな時まで食い気とは、マイペースにも程《ほど》がある。

「あれ？　元空手少女でも、やっぱ夜の学校は怖いんだ？」

懐中電灯で下から自分の顔を照らし、赤星はにやにやする。弱みを見せたくなくて、美空は唇を尖《とが》らせた。

「私は別に」

「美空は元空手少女じゃなくて、元不良」

「言わせるかあっ」

貴海の口を塞ぐため、美空はとっさに手を伸ばす。しかし貴海がひらりと身をかわしたため、教室のドアに激突するはめになった。

「いったーい」

「二度も僕の口が塞げると思ったら、大間違いだよ」

美空の涙声に、貴海はしれっと応じる。痛みと悔《くや》しさで、美空は拳を握り締めた。

「うわ。プリンスってば、妹相手に手加減なしかよ」

呆れているのか、面白がっているのか、赤星は半笑いだ。貴海は悪びれる様子もなく肩をすくめた。

「美空相手に手加減する理由も、必要もないからね。でなきゃこんな面白いイベントに、わざわざ参加させたりしないよ」

「……へえ」

一瞬、赤星は真顔になって黙り込んだ。だがすぐに口の端を吊り上げる。

「信頼されてんだ、シスター」

「どこがですか」

赤くなった鼻をさすり、美空はぼやく。赤星は何も言わず身体を反転させ、音楽室への歩みを再開した。

赤星の勤める小学校には、渡り廊下で繋《つな》がった二棟の校舎がある。校庭に面した一棟には職員室、そして音楽室や理科室などの特別教室があり、中庭を挟んだ二棟には一年生から六年生までの教室があるらしい。

三人がまず向かったのは、一棟一階にある音楽室。赤星によると、そこには「目の光るベートーベンの肖像画」と「真夜中に鳴るピアノ」の七不思議の二つが存在していると言う。

（ベタだけど、嫌だ……）

貴海に続き、音楽室に足を踏み入れた美空は、ぶるりと身震いをした。室内には黒板前に教壇とグランドピアノがあり、生徒たちの使う机やイスが並んだ後ろの壁に、著名な音楽家たちの肖像画が飾られている。普段は歌声や楽器の音色で賑わっているはずの教室も、今は沈黙を守り、しんと静まり返っている。そのくせ机の下や楽器棚の隅、暗がりのどこかに何かが潜《ひそ》んでいるような、得体の知れない恐怖を感じるのだ。

「んじゃ、後はよろしくな」

軽く右手を上げ、赤星はドアに寄りかかった。完全なる傍観体勢に歯噛《はが》みしつつ、美空は貴海に小声で尋ねる。

「ねえ、ここからどうするの？」

そもそも七不思議の調査とは、何をすべきなのかがよくわからない。仮に怪現象が起こったなら、噂は本物と断言することができる。だが何も起きなかった場合、噂はあくまでも噂でしかないと、どの時点で結論づければよいのだろう。

美空の問いを受け、貴海は考え込むように口元に手を当てた。そして真剣な面持《おもも》ちで、壁にかかった音楽家たちの肖像画を見つめる。

「なんで目が光るのは、ベートーベンなんだろう」

貴海は難問を前にしたように、悩ましげに眉を寄せた。

「ショパンやモーツァルト、他にも肖像画はある。それなのにどうして、ベートーベンに限定されるのか。何か理由はあるのかな」

「それ、重要なこと？」

美空は顔を引きつらせた。今問題とするべきなのは、そこではない。

「重要に決まっているだろ？　そのへんの疑問が明らかにならないと、きっと光る目も光らないよ」

だが貴海は真面目な顔で、意見を曲げる様子はなさそうだ。

「赤星はどう思う？」

「は？　オレ？」

話を振られると思っていなかったのか、赤星は自身を指さした。貴海はにこりと笑う。

「赤星は先生だし、自分の学校のことだから、もちろん知っているよね？」

貴海の視線を受け、赤星はわずかに顔をしかめた。そして肖像画をちらりと見た後、開き直ったように答える。

「それは……あれだ。なんか嫌なことがあったんだよ、ベートーベンは」

適当すぎる説明に、美空は目を見開いた。やる気も誠意も、あったものではない。しかし答えが返ってきたことでよしとしたのか、貴海は納得したように頷いた。

「なるほどね。じゃあ美空、とりあえずベートーベンの悪口を言ってみよう」

「はあ？」

すっとんきょうな提案に、美空は声を張り上げる。貴海は平然と続けた。

「腹立たしい悪口を言われれば、怒ったベートーベンが目を光らせるかもしれない。何事も大切なのはチャレンジだよ」

「……兄さん、本気で言ってるの？」

「当然。これは遊びじゃなく、仕事だからね」

「だったら私じゃなく、兄さんが」

「社長の僕が？　アルバイトの美空じゃなくて？」

無駄に爽やかな笑顔で圧力をかけられ、美空は拳を握った。赤星は興味深そうに事の成り行きを見守っている。

「さっきも言ったけど、これは仕事だよ。きちんと検証が済むまでは、家に帰れないと思いな」

駄目押しの言葉に、美空は肩を落とした。こういう時、自分が折れる以外に、物事を進ませる選択肢がないのが悲しい。

（やればいいんでしょ。やれば）

半ばやけくそで、美空はベートーベンの肖像画に向き合う。今は貴海への怒りが、恐怖も恥ずかしさも軽く陵駕《りょうが》する。大きく息を吸い、美空は手加減なしで叫んだ。

「顔が怖い！　目つきが悪い！　髪型が微妙！」

直後にジャーンとピアノの音が鳴り響いた。

まるで抗議のような音色に、美空はひいっと震え上がる。だが恐る恐る振り向いた視線の先には、いつの間に移動したのか、グランドピアノのイスに座っている貴海がいた。即座に恐怖は消え、代わりに美空は激昂《げきこう》した。

「何してるのよ！」

「れっきとした検証だよ」

笑いながら、貴海は優雅にピアノを弾《ひ》き始める。

「鳴らぬなら、鳴らしてみよう、グランドピアノってね」

つっかえることなく、流れる旋律。題名はわからないが、わりと有名なクラシックだ。路上ライブの時もそうだったが、改めて知る貴海の音楽の素養に、美空は不覚にもたじろぐ。

「よし、終了っと」

曲を引き終えると、貴海は満足げに頷いた。そしてイスから立ち上がり、赤星へと向き直る。

「検証結果は異常なし。これでいい？」

「……まあ、そうだな」

赤星の答えは、どこか歯切れが悪かった。その顔に笑みを浮かべているが、貴海の行動が予想外だったのか、戸惑いが隠しきれていない。すると追い打ちをかけるように、貴海は悪びれる様子もなく尋ねた。

「さっきの美空の『髪型が微妙』で疑問に思ったんだけどさ。赤星の髪は寝ぐせなの？　それともオシャレ？」

ストレートかつ場違いな質問に、美空はぎょっとする。赤星は一瞬、呆気《あっけ》に取られたようだったが、すぐに憮然《ぶぜん》と応じた。

「どう見たって、オシャレだろ」

「だってさ、美空」

貴海はにこやかに話を振ってくる。まるで自身がデリカシーのない質問をしてしまったような気まずさに、美空は小さくなった。夜の学校や七不思議に対する恐怖より、貴海の言動に対するストレスで、すでに手一杯である。


その後、理科室にある「動く人体模型」は検証の結果、特に何の変化もなかった。ただ美空は貴海の指示により、人体模型に一人で話しかけることで、大いに恥ずかしい思いをさせられた。それもこれも貴海の「なぜ人体模型は動くのか」という質問に対し、赤星が「暇だからじゃね？」という適当な答えを返した結果である。

　このまま妙なことが起こることなく、できるだけ早く検証が終わって欲しい。祈るような気分でいた美空だったが、「トイレの花子さん」の検証場所である二棟一階の女子トイレ前で、貴海の言葉に愕然とした。

「……私に、一人で中に入れと？」

　震える声で尋ねると、あっさりと貴海は頷く。

「常識的に考えて、僕も赤星も女子トイレには入れないよ」

「なんで？　深夜の学校には忍び込んでいるくせに？」

「それはそれ、これはこれ。何のために今日、一緒に来たのさ。美空は女子トイレ要員だし、ここが一番の見せ場だろ？」

　美空は目を見開いた。別に女子トイレに限らず、さっきから検証はほぼ美空に一任されているというのに。そこで駄目もとで視線を向けてみると、赤星はへらっと笑った。どうやらこちらも手を出す気はないらしい。

「ほらほら、さっさと行かないと終わらないよ」

　ぱんぱんと貴海は手を叩く。美空は懐中電灯を握り締め、大人になれと自分に言い聞かせた。今日という一日を無事に終えるためには、全てに耐えきるしかない。

（大丈夫。ぱっと行って、さっと戻れば）

　勇気を振り絞り、美空は女子トイレに足を踏み入れた。手洗い場にある鏡を見ないように顔を背け、タイルをそろそろと歩く。三つある個室のうち、花子さんが出ると噂されているのは一番奥だ。

無意味と知りつつも、美空は奥の個室のドアをノックした。反応がないのを確認し、恐る恐るドアを開ける。懐中電灯で照らした室内に、何も変わった様子はない。美空は詰めていた息を吐いた。

(よし、戻ろう)

義務を果たし、さっさと踵《きびす》を返そうとする。直後に入り口から、貴海の容赦ない指示が飛んできた。

「個室に入って、ドアを閉めて、僕がいいと言うまで待機。わかっていると思うけど、社長命令は絶対だからね」

「そこから覗《のぞ》き見《み》するのなら、自分も入ってくればいいでしょ!」

美空が怒鳴ると、貴海はすっと顔を引っ込めた。ぎりっと美空は奥歯を噛み締める。

(我慢我慢我慢)

念仏のように唱えながら、美空は個室に入ってドアを閉めた。この依頼が終わったら、絶対にできる限りの嫌がらせをしてやる。

怒りに燃えていた美空だったが、個室で独りきりになると、じわじわと恐怖が甦ってきた。今にも背後から何かが現れるのではないかと、冷や汗が出てくる。

「ねえ兄さん、まだ？」

堪《こら》えきれず、美空は声を出した。だが答えが返ってこない。急に一人、別次元に置き去りにされたような心細さに、美空はドアノブに手をかけた。

「……え？」

なぜかドアが開かない。押しても引いても駄目だ。ドアノブを掴み、美空は焦った。

「兄さん！　兄さんってば！」

どんどんとドアを叩いても、貴海の返事がない。不安と恐怖で鼓動が速まり、足がすくむ。その時、聞こえないはずの子供の声が、美空の脳内で勝手に自動再生された。

『ねえ、あそぼ』

「いやあああああっ！」

絶叫を放ち、美空はドアを蹴りつける。勢いよく開いたドアから転げ出ると、慌てた顔の赤星と目が合った。

「おいおい、大丈夫か？」

「ド、ドアが……開かなくて……」

「ああ、そこな。確か元々建てつけが悪いんだ」

「うう……」

そういうことは、できるだけ早く言って欲しい。ぐすっと洟《はな》をすすりながら、美空は力なく足を引きずり、赤星の待つ入り口を目指す。

「……兄さん？　兄さん、どこにいるの？」

姿の見えない貴海に、弱々しく呼びかける。すると赤星の背後から、ぴょこっと貴海が顔を覗かせた。

「ん？　呼んだ？」

口元を押さえ、貴海はくぐもった声を出す。直後に美空は一気にトイレから駆け出た。

「なんでドーナツ食べてるのよ！」

貴海の左手には、持参したドーナツがあるではないか。ある意味、怪現象より信じられない光景に、美空はダンッと右足を踏み鳴らした。

「私が必死に依頼を遂行しようと恐怖と戦っているのに、自分はドーナツって！」

「小休止だよ」

「休憩するなっ！」

全身で美空は怒鳴る。ドーナツを食べていたから返事がなかったのかと思うと、腸《はらわた》が煮えくり返って仕方がない。

「まあシスター、落ち着いて」

「部外者は黙ってて！」

介入してきた赤星に、美空は言い放つ。わずかに赤星の顔が引きつった。

「もうやだ。依頼も兄さんも、非常識で意味わかんない……」

　恐怖と怒りでぐったりし、美空は廊下の窓に寄りかかる。すると月明かりのもと、中庭で何やら動く影が視界の隅に入った。見てはいけない。見るべきではない。わかっているはずなのに、美空は震える手で懐中電灯を影に向ける。

　光に浮かび上がったのは、人ではなかった。決して動くはずのないもの。本来、校庭隅の台の上で、静かに佇《たたず》んでいる著名な像。二宮金次郎像が、ゆっくりと中庭を横断しているではないか。

（……まさか）

　六つ目の七不思議「歩く二宮金次郎像」は本物？　よろめいた美空の肩を、誰かがポンと叩く。その瞬間、美空の中で理性が完全に断ち切れた。

「いいいいやあああああああっ！」

　力の限り絶叫し、美空は全身全力で、その場から逃げ出した。

＊

　こだまのような美空の絶叫が遠ざかり、やがて聞こえなくなった。静寂の戻った廊下で、赤星は美空の肩を叩いた手をそのままに、ただ呆然と立ち尽くす。

「怒ったり驚いたり、慌ただしいなあ」

耳に届いたのん気な声に、赤星は我に返った。視線を移せば、貴海がドーナツ片手に苦笑している。

「お前……、追いかけなくていいのかよ」

「どれだけ急いでも、追いつかないよ。美空の瞬発力は半端じゃないからね」

残りのドーナツを口に放り込み、貴海は大きく伸びをした。

「ただ持久力は人並みだから、そのうち立ち止まる。性格からして、ひたすら直線で進むはずだし、どこかに隠れたりする頭脳もないから、ちゃんと見つかるよ。心配しなくて大丈夫」

そう言うと貴海は美空の消えた方向へ、てくてくと歩き出す。慌てたり、急いだりする様子は全くない。ただその行動に、不思議と冷たさや適当さは感じられなかった。

（……だからやっぱり、信頼じゃねえの？）

がしがしと赤星は頭を掻《か》く。美空は認めないだろうが、なぜかそう思えるのだ。ただ守るべき保護対象として、貴海は美空を傍《かたわ》らに置いているわけではない。対等な相手として、隣に並ばせているのだと。

（それにしても、しまったな）

赤星は窓の外に目をやった。美空が目にしたはずの二宮金次郎像は、もう見当たらない。今頃どこかに退避したのだろう。

「赤星」

　名前を呼ばれ、赤星は顔を上げた。見れば廊下で足を止め、貴海が懐中電灯を回す。

「一緒に来てくれないと、困るんだけど」

「……おう」

　手短に答え、赤星は貴海に並んだ。そのまま二人、静まり返った廊下を歩き出す。

（……気まずい）

　数秒後、赤星は息苦しさを感じた。美空の不在に、会話がないことに、何より貴海と二人きりであることに、言いようのない圧迫感を覚える。

「しりとりでもする？」

　不意に貴海が言った。赤星は瞬きをする。

「なんか赤星、退屈そうだからさ。もしくは本当にあった怖い話でもしようか？」

「いや、しなくていい」

　どちらも大の男二人でするものではない。冗談か本気かよくわからない貴海の発言に、赤星は眉を寄せた。

（こいつって、こんな自由な感じだったっけ）

　中学の頃の貴海は、頭脳明晰《めいせき》でスポーツ万能、華のある容姿で女子から多大な人気を誇る校内一の有名人だった。だがその知名度とは裏腹に、赤星は貴海の人間性について何も知らないことに気づく。その言動がいつも通りなのか、作為的なのか、判断材料を何一つ持ち合わせていないほどに。

そのため十一年ぶりに再会した貴海のマイペースぶりには、正直なところ戸惑うし、振り回されている自覚もある。ただ不平不満を言いつつも、美空がきっちり相手をしているところをみると、間違いなくこれが貴海の「通常運転」なのだろう。

「赤星って、いつからそんな感じなの？」

唐突な問いに、思わず足が止まった。同時に思考も止まったらしく、ただ赤星は質問を繰り返す。

「そんな感じって？」

「言いたいことを言わず、一人で考え込む感じ」

懐中電灯で八の字を描き、貴海は進行方向を照らす。

「大人になってから？　それとも僕相手にだけ？」

直球の二択は、更に赤星から言葉を奪った。何を肯定しても、否定しても、正誤の前に、貴海に対する敗北感が否《いな》めない。

「……お前のこと、よくわかんねーと思ってさ」

なんとか声を押し出し、赤星は止まった足を前に進めた。

「そもそもなんで、便利屋やってるんだよ。もっと無難だったり、楽だったり、他人から羨ましがられるような選択肢が、お前にはあるだろ。まあ別に便利屋が悪いって、言ってるわけじゃねーけどさ」

「いくつかの選択肢を駆使した結果、今に至るんだよね。僕は便利屋になる前に、六回ほど転職しているし」

「マジか」

「マジだよ」

くすりと貴海は笑う。

「だから赤星の話を聞いた時は、純粋に感心しつつ、正直ちょっと驚いた。あの赤星圭人が先生になって、真面目にコツコツ学校勤務してるんだって」

「それな。オレ自身も、けっこうビックリだわ」

「でも赤星には合ってると思うよ、小学校の先生」

ごく自然な口調で貴海は言う。

「赤星って昔から、面倒見いいじゃん。青江と黄曽の兄貴分って感じだったし、今も美空のこと、ずっと気にしているよね。それに悪ふざけやいたずらはしても、嫌がらせをしてくることはなかったからさ。変に真面目というか、『一日一笑』のポリシーもあって、面白いなあと思ってたよ」

「……マジか」

貴海の言葉が意外で、赤星はつぶやいた。なぜなら貴海に会うと決めた時、一番の懸念は、彼が自分のことを覚えているかどうかだったからだ。

「お前はオレのことなんて、眼中にないと思ってた」

こういう話はたぶん、酒に酔った勢いで打ち明けるのが、大人として賢い選択なのだろう。だが今を逃すなと、当時の自分の幻影が、胸の内を蹴り飛ばす。

「お前は校内一の有名人で、ハイスペックなカリスマで。対してオレは、その他大勢の内の一人だろ？　まさに王子と平民。月とスッポン。天と地に、雲泥の差」

「赤星は、たとえが教師っぽいよね」

「先生だからな、って話脱線させんなよ」

「うん。褒め殺しかと思ってさ」

「言うほど褒めてねーだろ」

「じゃあ自虐ネタ？」

「……すこぶる発想が自由だな」

赤星は肩を落とした。貴海の相手がこれほどまでに骨が折れるとは、今なら美空の苦労が手に取るようにわかる。

「とにかくオレは、お前との間に凄《すさ》まじい格差というか、壁を感じていたんだよ。実際、クラスの女子に言われたしな。どんなに粋がってプリンスと張り合っても、しょせんオレは雑魚《ざこ》キャラだって」

もう十年以上前のことなのに、言葉にすると胸の奥が痛んだ。まだ笑い飛ばすには、少し時間が要るらしい。

「言われたことより、何も言い返せないことの方がショックでさ。周囲の認識も、オレ自身の評価も、けっきょく一緒だったんだよな。オレはお前みたいな主役を引き立てるだけの、取るに足らない存在なんだよ」

「信号トリオのリーダーなのに？」

「その肩書き、あんま価値ねーし」

「そうかな。少なくともプリンスよりはあるんじゃない？　独創性も、ユーモアも」

ぽんと宙に放った懐中電灯を、貴海は左手でキャッチした。

「プリンスってベタだし、ありふれた総称だよね。どうせならテンプルプリンスとか、オリジナリティーが欲しかったな」

「テンプルって……寺王子はダセーだろ。呼ぶ方も、恥ずかし」

そこでふと、赤星は口をつぐんだ。今更ながらに気づいた事実に、バツが悪くなってくる。

「お前さ、プリンスって呼び方が嫌なら、もっと早く言えよ」

たぶん貴海にとっては同じことなのだ。雑魚キャラという俗称も、王子という敬称も、個人に対する唯一無二の呼び名ではないのだから。

「オレに遠慮とか、今更必要なくね？」

「別に遠慮はしてないよ。ただプリンスって呼んでる赤星の方が恥ずかしいかと思って、あえて放置していただけだし」

「はあ？」

打ち明けられた事実は、思いのほか衝撃だった。貴海に抱いていた爽やかで高貴な王子様像が、がらがらと音をたてて崩れていく。

「お前は、あれだ。思った以上に、ふざけた性格してんのな」

「それこそ今更だなあ。こっちは最初から赤星に対して、遠慮する理由も必要も、持ち合わせてないのにさ」

軽く笑って、貴海は目の前の階段を登り始める。その姿を見上げるのが何となく癪《しゃく》で、赤星は大股で距離を詰めた。そして隣に並んでみれば、感じた壁も格差も、想像の産物だったと思い知る。

「さて、どっちに行こうかな」

二階についたところで貴海は足を止める。美空を探すため、真っすぐに二階を進むか、もしくは三階へ上がるか。選択は二つだ。

「お前は二階、オレは三階」

手短に赤星は言った。

「二階を真っすぐ進んで、突き当たりの渡り廊下を渡ると、一棟に戻る。最終的に、一棟二階の家庭科室で合流な」

「了解。それで家庭科室には、何があるんだっけ」

「午前二時に姿を映すと、過去に戻れる鏡だよ」

「ふうん。じゃあ赤星はさ、もし過去に戻れたら何がしたい？」

まるでマイクのように、貴海は懐中電灯を突き出す。それを右手で押しのけ、赤星は答えた。

「別に何も」

強がりではなく、今は本心からそう言える。

「あの頃できなかったことは、これからすればいい。だからわざわざ昔に戻って、するべきことなんて何もねーよ」

「へえ、赤星っぽい答えだね」

くすりと貴海は笑いを漏らす。お返しとばかりに、赤星も尋ねた。

「お前は？　もし過去に戻れたら」

「何もしないよ」

間髪容《い》れずに、返ってくる答え。

「だって疲れるし面倒じゃん」

「……は」

呆れて赤星は言葉を失う。だが次の瞬間、猛烈に笑いが込み上げた。

「お前は本当に、スゲーいい性格してるよな」

「うん。褒め言葉だと思っとく」

そう言うと、貴海は二階の廊下をすたすたと歩き出す。どこまでも我が道を行く姿に苦笑しつつ、赤星は階段に足をかけた。

「赤星」

だが一歩を踏み出す前に、背中に声がかかる。

「わかってると思うけど、シスターもありふれた総称だよ」

赤星が振り向くと、足を止めた貴海と目が合った。思い出すのは、くるくると変わる美空の表情。その中で、自分に向けられたのはどんなものだっただろう。

「……わかってるよ、安住貴海」

ぎこちなく名前を呼ぶと、貴海は柔らかく微笑《ほほえ》んだ。中学の時には見たことのない、大人の笑い方だ。

（なんだよ）

再びマイペースに歩みを進める貴海の背を見送り、赤星はがしっと頭を掻く。

（ちゃんと「兄さん」してんじゃねーか）

安堵したような、悔しいような、妙な気分だ。ただこういう意外性は悪くはないと、素直に思える。

「でもオレも、まだ負けてねーけどな」

にっと笑い、赤星は階段を一段飛ばしで駆け上がった。本当のリベンジは、きっとここからだ。

4

とある教室の前で、美空は膝を抱え座り込んでいた。動く二宮金次郎像を見てから、どこをどう走ったのかわからない。足をもつれさせて転んだのが今の場所で、一度止まったら、疲労と恐怖で動けなくなってしまった。

（……どうしよう）

くすんと美空は鼻を鳴らす。さっきから貴海に電話をしているが、携帯がいっこうに繋がらない。電波が悪いのか、もしくは別の理由があるのか。考えるとまた新たな恐怖に襲われそうで、美空はぎゅっと携帯を握り締めた。

「兄さん……どこ……？」

つぶやきが弱々しく、廊下の闇に消えていく。貴海は今、赤星と一緒にいるだろうか。何より無事でいるだろうか。

(だって、あれ……本物……)

さっき見た光景を思い出し、美空はぶるりと身体を震わす。見間違いではない。確かに中庭の二宮金次郎像が、動いていたのだ。

「……行かなくちゃ」

震える足に力を込め、美空は立ち上がった。一刻も早く貴海と合流し、この小学校から退避しなければ。

(大丈夫、怖くない)

懐中電灯を握り締め、一歩、また一歩と前に進む。だがこの先に、果たして貴海はいるのだろうか。ふいに不安がよぎった時、ぽんと背後から誰かに肩を叩かれた。

「きゃああっ」

「げっ!」

悲鳴をあげると同時に、美空は右足で回し蹴りを繰り出す。ぶんと風を切る音に、焦った声が重なった。

「あっぶねえ」

直後に懐中電灯の光が目に入る。眩《まぶ》しさに瞬きをすると、顔を引きつらせた赤星が立っていた。

「マジで半端ねえな。回し蹴り……」

「えええ？　すいませんごめんなさいっ」

あたふたと美空は頭を下げた。恐怖のため、手加減なしの回し蹴りを繰り出してしまったのだ。赤星が避けてくれなかったら、違う意味で大参事になるところだった。

「いや、オレこそ悪い。声かけたんだけど、気づかなかったからさ」

赤星は軽く応じる。深々と美空は息をついた。どうやら意識を集中するあまり、彼の呼びかけを無視していたらしい。

「すいません。本当に、びっくりしちゃって……」

一気に力が抜け、美空はその場に座り込む。赤星も合わせて膝をついた。

「でも偉いよな。怖くても、ちゃんと一人で進もうとしたんだろ？」

「だって兄さんが……って、兄さんは？」

そこで貴海の不在に気づき、美空は赤星の腕を摑んだ。

「兄さんと一緒じゃなかったんですか？　まさかはぐれた？　もしくは迷子？　兄さん、大丈夫ですよね？　何かあったわけじゃないですよね？」

さっきまでの恐怖とは別の感情が、ぎゅっと胸を締め付ける。美空が口をへの字にすると、赤星はそっと顔を背けた。やがて摑んだ腕が、小刻みに震え出す。

「……だめだ。悪いと思ってるけど、我慢できねーわ」

そう言うと赤星は、堪えきれないように笑い出した。突然のことに、美空は唖然とする。

「いや、だってあれだけ文句言ってたのに、あいつのことスゲー好きなんだと思ったら猛烈におかしくて」

「はあ？」

目元を拭《ぬぐ》う赤星に、美空は声を上げた。

「私は別に、兄さんのこと好きじゃないですけど！」

「いやいや、説得力ゼロだし。恥ずかしがるなよ、お兄ちゃん子」

美空はぎりっと奥歯を噛み締めた。先の回し蹴りを、少しでもお見舞いしておけばよかったと後悔してももう遅い。

「でもそっか。いざって時、誰かのために必死になれるってわかってるから、あいつも手加減しないのか」

何やら納得したように赤星はつぶやく。美空が怪訝な視線を向けると、赤星はひらりと手を振った。

「あいつなら大丈夫。家庭科室で合流する予定だよ。それとたまたまオレが見つけたけど、ちゃんとあいつもきみのこと、捜してるからさ」

「……それは、どうも」

「ということで、さっさと合流しようぜ」

　立ち上がり、赤星は手を差し出してくる。そこで悲しい事実に気づき、美空は顔を引きつらせた。

「ええっと、私ちょっと今、立てないみたいで」

「ん？　もしかして怪我したか？」

「ではなくて、ですね」

　顔色を変えた赤星に、美空は小声で告げる。

「こ、腰が……抜けました」


　懐中電灯の光が、ゆらゆらと廊下を移動する。二人分の懐中電灯を持った美空は、赤星に背負われ、何度目かの溜息をついた。

「あの、本当にすみません……」

「だからもう気にするなって。どんだけ謝るんだよ」

　美空の謝罪を笑い飛ばし、赤星は歩みを進める。

「あ、もしかしてお姫さま抱っこの方が良かったとか？」

「……いいえ」

もはや軽口に言い返す気力もない。まさか高校生にもなって、おんぶされるはめになるとは。

「これくらい、オレにとっては大したことじゃない。学校で怪我した生徒を運ぶなんて、日常茶飯事だし。この前背負った六年男子に比べたら、美空ちゃんは軽いもんだよ」

経験を基《もと》にした話はどこか楽しげで、美空の心を少し軽くした。それに何より、

(名前、初めて呼ばれた)

そんな単純なことで、と思わず苦笑してしまう。貴海の元クラスメートに「安住貴海の妹」ではなく「安住美空」として認識されることが、こんなに嬉しいとは思わなかった。

「赤星さんって、意外にちゃんと、先生なんですね」

「意外にってなんだよ。まあいいけどさ」

照れ隠しに告げると、赤星は首だけ振り返り、軽やかに笑う。美空は瞬きをした。なんとなくだが、赤星の笑い方が変わった気がする。

「オレは別に、模範的な教師になりたいわけじゃない。オレにはオレの、貫くべき教師道ってのがあるんだぜ?」

はあ、と美空はつぶやいた。おそらく赤星は、語る気満々だ。

「なんで赤星さんは、先生になろうと思ったんですか?」

そこで純粋な疑問をぶつけてみる。赤星は肩をすくめた。

「簡単に言えば、ノリだな」

「ノリ?」

「そう。ダチの弟に、『先生になって欲しい』って言われて、その気になったのが、きっかけ」

当時を思い出したのか、赤星はわずかに眼差《まなざ》しを伏せた。

「中学の時、つるんでるダチが二人いてさ。いつも三人で、くだらねーこと全力でしてた。その結果、オレらは典型的な問題児になったわけで、今思うと若気《わかげ》の至《いた》りってやつだよな」

そう言う赤星の口調に暗さはない。反省はしているが、後悔はしていないというところか。

「問題は、オレらが三年の時だった。その年に入学したダチの弟が、いきなり教師陣に目をつけられたんだ。兄貴が問題児って理由だけで、弟自体には何の落ち度もないってのに」

赤星の表情は見えないが、声の硬さから、憤《いきどお》りが感じられた。

「弟はどっちかっていうと大人しいやつで、教師陣の一方的な態度が苦痛だったんだろ。オレらが卒業した後、不登校の引きこもりになった。ダチに相談を受けたオレは責任を感じて、なんとかしねーとって思ったわけだ」

「でもそれは赤星さんというより、教師陣の責任ですよね？」

思わず美空は語気を強めた。自分自身、中学の時に「安住貴海の妹」というレッテルを貼られ、苦悩したことを思い出す。

「まあ誰に責任があったとしても、弟が不登校になった結果は変わらない。だからオレ自身がダチと弟のために、何かしたかったんだよ。とは言っても、オレは専門家じゃないから、するべきことがさっぱりわからない。それで通ってた高校の養護教諭に相談したり、自分で調べたりしてさ。とにかくオレのできることを、全力でしようと決めた。一緒に勉強して、遊んで、悩んで、怒って、泣いて、そんで笑う。ただ一回でいいんだ。一日に一回でも笑えれば、楽しい一日だったたって思えるだろ？」

一日一笑。数日前に聞いた言葉が、全く違う意味を持って、美空の心に刻まれる。

「そうやって日々を過ごしているうちに、弟は学校に行けるようになった。んで中学を卒業する時に言われたんだよ。オレみたいなやつに、教師になって欲しいって」

一つ息をつき、赤星は前を向いた。

「その瞬間さ、一気に視界が開けたんだ。マジで進むべき道が見えたっていうか、ずっと探してた答えが見つかったと思った。そっからはもう、脇目も振らずノンストップ。ひたすらに努力を重ねて、見事に教師になったわけだ」

「ものすごく、助走の長いノリですね」

「それな。オレ自身もビックリだわ」

赤星は軽快に笑う。

「オレは優秀な教師みたいに、成功や勝利の摑み方は教えられない。その代わり逆境への立ち向かい方や、挫折の乗り越え方を生徒と一緒に考える。そんな教師になるのが目標なんだよ。それが元問題児で、順風満帆じゃない学生生活を送ったオレの、貫くべき教師道だと思うからさ」

真っすぐな言葉に、揺るぎない意志を感じた。目の前の背中の広さに、美空は改めて気づく。

(ちゃんと大人で、ちゃんと先生だ)

自分の足で立ち、進むべき道を見据え、責任と誇りを背負い、日々を生きている。

「赤星さんが先生になって、良かったと思います」

素直な想いを美空は告げた。もし自分が中学生の時、赤星のような教師と出逢っていたら、道を外れることはなかったかもしれない。

「あれ？　今の話でオレに心酔しちゃった？」

からかうような口調で赤星は言う。

「まいったな。お兄ちゃん子は、年上好きか？」

「好きじゃありません」

ふざけた発言に、美空は軽く赤星の頭をはたく。大人になっても、教師になっても、どうやら信号トリオの魂は、未だ健在のようだ。

深夜の学校に対する恐怖心が、なくなったわけではない。だが赤星の話を聞いて、安堵と同時に油断も生まれたのは事実だ。

そのため三階から二階への階段にさしかかったところで、下方に懐中電灯の光を見つけた美空は、それが貴海のものだと信じて疑わなかった。

「兄さん！」

声をかけると、なぜか光はくるりと反転し、あたふたと足音をたて逃げていく。美空は頬を膨《ふく》らませ、赤星の背中から飛び降りた。

「ちょっと！　なんで逃げるのよっ」

いつの間にか復活した足腰をフル稼働し、一気に階段を駆け下りる。そして前に回り込み、懐中電灯の光を当てたところで、美空は目を丸くした。

「兄さん、じゃない？」

眩しそうに目を細めているのは、この学校の生徒と思われる少年だ。学年は五、六年生だろうか。特に目立った特徴のない、どこにでもいそうな男子生徒である。

「美空ちゃん、大丈夫か？　……って、あれ？」

とんとんとリズミカルに階段を下りてきた赤星は、少年を見つめ、瞬きをした。

「お前、六年の阿久津透《あくつとおる》だよな？　どうした？　この前、卒業したばっかだろ？」

どうやら顔見知りの生徒らしい。阿久津と呼ばれた少年は、気まずそうに顔をそむけた。

「忘れ物、あったの思い出して、取りに来た」

ぼそぼそと答える阿久津を、美空は疑いの目で見つめた。忘れ物の真偽はともかく、学校に深夜忍び込む理由にはならない。

「そっちこそ、何してるんだよ。夜の学校に女連れ込んで、なんかやらしーこと」

そこで阿久津は言葉を切った。美空を一瞥《いちべつ》した後、小さく息をつく。

「は、しないか」

素直すぎる感想に、美空は顔を引きつらせる。確かに色気も何もないかもしれないが、小学生男子に指摘されると、何気に腹立たしい。

「まあまあ。忘れ物って、場所は教室か？」

特に阿久津の行為を咎《とが》めることなく、赤星は話を進める。阿久津が頷くと、赤星はその背をぽんと叩いた。

「よし、じゃあオレがついて行くから、さっさと回収してこようぜ」

「ええ？」

美空は驚きと非難の声を出す。赤星は軽く右手を上げ、拝む仕草をした。

「悪い。でもこいつ一人にさせられないしさ。美空ちゃんは先に家庭科室に行っとく？」

一刻も早く貴海の無事を確かめたいが、一人校舎を進む勇気もない。迷った末に、美空は赤星と阿久津と共に、六年の教室に向かうことにした。

5

六年二組の教室は、卒業式後のままだった。黒板の真ん中には「祝・卒業」の文字が大きく書かれ、その周りには生徒たちの思い思いのメッセージが記されている。

『二組最高！』

『みんな大好き！　ありがとう！』

『ここから世界に羽ばたくぜ！』

クラスメートへの感謝。将来への誓い。夢。希望。思い出。卒業した生徒たちの気配が、まだ色濃く残っているような、息づいているような、不思議な空間だ。

阿久津は忘れ物があると言ったわりに、黒板前に立ったままでいる。その背後にいた赤星が、ぽつりとつぶやいた。

「お前のメッセージ、ないんだな」

黒板を照らしていた懐中電灯を下げ、赤星は阿久津に問いかける。

「書かなかった？　それとも書けなかった？」

「……どっちも」

眉を寄せ、阿久津はうつむいた。

「書くことが……見つからなかった」

「そうか」

短く告げ、赤星は一番前の机に腰かける。沈黙が落ち、続きを促されていることに気づいたのか、阿久津は一度閉ざした口を開いた。

「どんなに必死に思い出しても、このクラスで……どころか六年間、特にこれといったことはなかったし。何を書いても、見栄張ってるっていうか……嘘になる気がしたから」

赤星は黙ったまま、相槌の代わりに、ぽんと阿久津の背を叩く。何かを振り切るように、阿久津は頭を振った。

「仕方ねーよ。勉強も運動も、オレは低レベルだもん。クラスでも部活でも、ポジション下位だし。特に仲のいいやつもいないし」

零《こぼ》れ落ちる言葉は強がりではなく、諦《あきら》めの響きを帯びていた。阿久津は続ける。

「将来の夢も思い出も、人前で語れるやつなんて一握りだろ？　そういう選ばれた、主役級のやつだけが、胸を張って言えるんだよ。最高の六年間だったたって」

どこか悔しげに阿久津は黒板を見つめた。

「オレは、こいつらとは違う。こいつらが落書きで埋めた余白にさえ、オレの名前を書く場所は残ってない。こいつらにとって、オレは背景みたいな存在なんだ。六年間、オレはただこの場所にいただけの、名無しのモブだ」

「阿久津くん、だっけ」

思いのほか苦しい告白に戸惑いつつ、美空は声を出した。

「忘れ物ってさ、メッセージが書けなかったことなの？」

阿久津の話を聞いていたら、なぜかそう思えた。彼が忘れたのは、物ではなく行為ではないかと。

「あんたさ、さっき家庭科室に行くつもりだったんだろ？」

質問に答えず、逆に阿久津は美空に尋ねた。

「この時間にってことは、『過去に戻れる鏡』を見に行くとか？」

美空は瞬きをした。七不思議の一つ、午前二時に姿を映すと、過去に戻れる家庭科室の鏡。それを阿久津が知っているということは。

「それは、阿久津くんの方だよね？」

名無しのモブとして小学校生活を送った彼は、「過去に戻れる鏡」によって、もう一度全てをやり直したいのではないだろうか。

「そんなんじゃねーよ」

否定する阿久津の口調は弱々しい。二人のやりとりを聞いていた赤星が息をついた。

「まあ、あれだ。学校やクラスっていう限られた舞台じゃ、全員が主役になれるわけじゃないからな」

赤星の断言に、美空はぎょっとした。もう少し阿久津をフォローする言葉を期待していたのに、むしろこれでは駄目押しではないか。

「……もういい」

自身に言い聞かせるかのように告げ、阿久津は踵を返す。このまま行かせたら、彼には苦い思い出しか残らない。美空は阿久津を引き留めようと、手を伸ばす。

だが美空の手が届くより先に、阿久津はドアの前で立ち止まった。ドアに手をかけたまま、阿久津は眉を寄せている。

「開かないんだけど」

阿久津の言葉を受け、美空はドアに手をかける。確かに引いてもドアがぴくりとも動かない。

（これってまさか……）

頭をよぎるのは、最後の七不思議「開かずのドア」。

「なんだよ、これ。なんで開かないんだよ」

ドアを摑み、阿久津は全力で引っ張る。焦った様子からして、彼も七不思議の可能性を思い浮かべているのかもしれない。

「赤星さん、ドアが」

美空が振り返り、赤星に助けを求めようとした時だった。突如《とつじょ》廊下に、ピアノの音が鳴り響く。

「……え?」

徐々に大きくなるピアノの音に、美空は顔を強張《こわば》らせる。どこかで聞いたことのある重低音の曲は、不安と恐怖を倍増させる。美空の記憶が確かならば、この曲は有名な葬送《そうそう》曲《きょく》だ。

「嘘でしょ……」

すでに検証したはずの「真夜中に鳴るピアノ」。それがなぜ今、この場所で?

「きゃあ!」

そこでバッグの中の携帯が鳴り響く。思わず悲鳴をあげた美空はしゃがみ込み、あたふたと携帯を取り出した。

「もしもし?　兄さん?」

電話は貴海からのものだ。美空は必死に声を出す。

「兄さん、聞こえる?」

だが貴海からの返事はない。ぎゅっと携帯に耳を押し当て、美空は唇を噛み締めた。貴海は今、どこにいるのだろう。家庭科室か、それとも別のどこかか。

「……み、そら……」

その時、弱々しい貴海の声が聞こえた。しかし美空が答えようとした直後、無常にも通話が切れる。声のしなくなった携帯を、美空は呆然と見つめた。

鳴り響く葬送曲。未だに開かないドアの前で、阿久津は小さく震えている。携帯を持った手を下ろし、美空はゆらりと立ち上がった。

「阿久津くん、そこどいて」

美空に気圧《けお》されたのか、大人しく阿久津は場所を移動した。ドアに向かい、美空は体勢を整える。

「……開かぬなら」

腰を落とし、力強く左足を踏み込む。

「蹴って壊そう、開かずのドアっ！」

言葉と共に、一気に右足を繰り出す。と同時にガラッと音を立て、ドアが開いた。

「へ？」

破壊対象を失い、右足が空《くう》を切る。勢い余った美空はバランスを崩し、廊下に倒れ込むことを覚悟した。だがすんでのところで腕を引かれ、なんとか踏みとどまる。

「さすがに一日に二枚も、ドアを足蹴《あしげ》にするのはいただけないよ」

耳元で聞こえた笑いを含んだ声に、美空ははっと顔を上げた。

「……兄さん？」

「うん。なんだか久しぶりの感じだなあ」

腕を摑んでいた手を離し、貴海はぽんと美空の頭を叩く。安堵と疲労が一気に込み上げ、美空は思わず涙ぐんだ。

「兄さん……無事……？　ドアが……ピアノが……」

切れ切れの単語で、美空は状況を伝えようとする。ピアノの葬送曲は、いつの間にか鳴り止んでいた。

「あとね……二宮、金次郎が……」

その時、不気味な呻《うめ》き声《ごえ》と共に、ずるっずるっと足を引きずる音が聞こえてきた。震える手で懐中電灯の光を向け、美空はひっと息を吞む。まさに噂をすれば影。二宮金次郎像がゾンビのようにのろのろと、廊下の端から歩いてくるではないか。

光を受け、金次郎はぴたりと動きを止めた。そのまま静止するのかと思ったのも束《つか》の間《ま》、カッと顔を上げた金次郎は次の瞬間、凄まじいスピードで突進してきた。

「兄さん兄さん兄さん！」

美空は左手で懐中電灯を振り回し、右手で貴海にしがみつく。逃げるべきか、立ち向かうべきか。パニックになり結論が出せない美空の背に、ふいに戦慄《せんりつ》が走った。

「どいつもこいつも、面倒くせえ……っ」

暗闇の最下層から生まれたような、不機嫌な声。びりびりと肌に感じる威圧感。壊れかけのロボットのように、美空はギギギと首だけを後方へと向けた。

「……仁ちゃん？」

わずかに月明かりの射し込む廊下に、立っていたのは仁だ。暗くて表情は読み取れないが、放たれるオーラから、その激昂ぶりがよくわかる。

「お前ら全員、悪ノリしすぎなんだよ」

ゆっくりと歩みを進める仁の視線が、金次郎を射ぬく。金次郎は蛇《へび》に睨《にら》まれた蛙《かえる》のように、完全に硬直状態だ。

「オレは『ほどほどにしろ』って言ったよな？　それなのに、なんだ？　その身で体験しないと、物事の限度ってもんがわかんねーのか？」

金次郎の前に立った仁は、全くの無表情でバキッと指を鳴らす。すると金次郎は流れるような動作で廊下に膝をつき、勢いよく頭を下げた。

「調子に乗って、すいませんでした！」

突然の土下座に、美空はぎょっとする。仁は大きく息をつくと、廊下に並んだロッカーに目をやった。

「お前もだ。三秒以内に」

「はい、出ます！　申し訳ありません！」

仁が言い終わるより前に、ロッカーの一つが開き、中から人が転がり出てくる。上下黒い服を着て、黒のニットキャップを深く被《かぶ》ったまるで黒子のような人物は、そのまま金次郎像の隣に膝をつき、同じく土下座姿勢を取った。

「そのまましばらく反省してろ」

呆れたように言い捨てると、仁は踵を返し、大股で貴海に近づいた。

「そんでどう考えても、一番タチが悪いのがお前だ」

言うや否や、仁はべしっと貴海の頭をはたく。貴海は力なくよろめき、うつむいて肩を震わせた。

「僕だけ叩かれた……しかも本気で……」

「思いっきり手加減してんだろ。むしろお前は一度、本気で美空に蹴り飛ばされるべきだ。いろんな意味で、美空はもうボロボロじゃねーか」

仁に憐《あわ》れみを含んだ目を向けられ、美空は慌てて頬を拭い、乱れた髪を整えた。少し冷静になってみれば、予想以上の取り乱し具合が恥ずかしくなってくる。

「うーん、美空に蹴られるのは遠慮したいなあ」

顔を上げた貴海は、屈託《くったく》なく笑う。その表情にはダメージも反省の色も、全く見当たらない。

「ねえ、どういうこと？」

状況が理解できず、美空は貴海をつついた。

「あの人たちは、一体……？」

「では改めて、紹介しようか」

満面の笑みを浮かべ、貴海は未だ頭を下げたままの二人組に目をやった。

「二宮金次郎役の青江と、音響担当の黄曽だよ」

青江と黄曽。貴海が口にした聞き覚えのある名前に、美空ははっとした。

「信号トリオの人たち！」

思わず美空が叫ぶと、二人はビクリと身体を固くする。そこで赤星が声を出した。

「おいお前ら、久々に『あれ』やるぞ」

教室のドア前にいた赤星は、何やら企《たくら》んだような顔つきで、つかつかと二人に歩み寄る。

金次郎と黒子は顔を見合わせた。

「……この状況で？」

「出たよ、赤星クンの無茶ぶりが」

言葉のわりに、立ち上がった二人の声には笑いが混じっている。そして赤星を真ん中に、右に金次郎、左に黒子が並んだ。状況が理解できない美空の前で、赤星は笑いを噛み殺し、ぱちんと指を鳴らした。

「まずは先鋒《せんぽう》、一番手！」

明朗な声が廊下に響く。同時に金次郎が一歩前に出た。そして髷《まげ》の部分を引っ張ると、すぽんと首から上が外れる。そこで初めて美空は、金次郎の顔がマスク型の被り物であることに気づいた。

現れたのは、短い髪をつんつんと逆立てた男性だ。無表情の金次郎とは違い、はつらつとした健康的な人物である。美空の視線を受け、彼は白い歯を見せて快活に笑うと、ぐっと右手を突き出した。

「青信号、皆で渡れば楽しいな！　信号トリオのスマイル担当、青江豪《ごう》だ。よろしくな！」

突然始まった妙な自己紹介に、美空は面食らった。もしかするとこれが、以前に仁が言っていた「ふざけた名乗り口上」なるものだろうか。

「続いて次鋒《じほう》、二番手！」

青江が手を差し伸べると、今度は黒子が前に出る。ニットキャップを取ると、夜目にもわかる明るい茶髪が零《こぼ》れ落ちた。一見、軽薄そうに見える男性だが、少しまなじりの下がった顔立ちには愛嬌があり、親しみやすさも感じさせる。彼は呆気に取られる美空に向けて、バチンと音が出そうな派手なウインクをしてみせた。

「黄信号、油断してると痛い目見るぜ！　信号トリオのヤンチャ担当、黄曽俊介《しゅんすけ》。ただ今参上！」

いたずらっぽく笑い、黄曽は赤星を仰《あお》ぎ見る。

「最後は大将、三番手！」

満を持したように、赤星が一歩前に出た。高々と上げた右手の人差し指を、びしりと美空に突き付ける。

「赤信号、無視して進めば地獄行き！　信号トリオのスリル担当、赤星圭人。この名を心と記憶に刻《きざ》め！」

赤星の声の余韻が消えると、廊下に静寂が戻る。ぼそっと仁がつぶやいた。

「……お前ら、恥ずかしげもなくよくやるな」

「ノリだ！」

「勢いだ！」

「イエーイ！」

三人は力強く述べ、ハイタッチを交わす。青江と黄曽が赤星同様、ふざけた大人だというこ と以外わからない美空は、再び貴海に説明を求めた。

「だから、どういうこと？」

「簡単に言えば、全部フェイクってことだよ」

三人の名乗り口上を楽しげに見ていた貴海は、口元を綻《ほころ》ばせる。

「二宮金次郎は良くできた被り物で、ピアノの演奏はＣＤ」

確かに近くで見れば、金次郎像の首から下が緑色の布でできていることがわかる。そして黄曽の足下にあるのはＣＤプレイヤーだ。

「要するに、全部いんちき……？」

ようやく事態を呑み込み、美空はきっと赤星をにらみつけた。一連の出来事が誰の計画か、考えなくてもすぐにわかる。

「そんなに兄さんが、嫌いですか？」

怒りより落胆が大きいのは、教師の夢を語った赤星に、密かに尊敬の念を抱いたからだ。彼の過去に、そして現在に、勇気と希望を垣間見たからだ。

「確かに兄さんは我《わ》が儘《まま》だし、いい加減だし、食い意地張ってるし、面倒事はすぐ私に押し付けるし、そのくせ女の人にバカみたいにモテて、たまに神格化されて、プレゼントという名の貢物《みつぎもの》をもらうのは日常茶飯事で、楽して適当に生きてるように見えるかもしれません。でもだからって、こんな手の込んだ嫌がらせをするほど、兄さんが嫌いですか？　気に食わないですか？　ぎゃふんと言わせたいって思いますか？」

「あのさ、無理かもしんねーけど、とりあえず落ち着けって」

美空が詰め寄ると、赤星は顔を引きつらせた。

「まあ一度くらいは、ぎゃふんと言わせてやろうと思ってる。けど今回に限っては、嫌がらせじゃなく」

「学園祭の延長戦、だよね」

赤星の代わりに、答えたのは貴海だった。赤星はバツの悪い顔で苦笑する。

「なんだよ。いつから気づいてた？」

「赤星の依頼が、七不思議の調査だって聞いた時から、なんとなくね。それでせっかくだしと思って仁も誘ったのに、意地張って来ないとか言うしさ」

貴海の視線を受け、仁は嘆息した。

「意地じゃなく、オレは純粋に来たくなかったんだよ」

「夜の学校が怖くて？」

「やっぱりお前の相手をするのが、誰より格段に面倒くせえ……」

仁は疲れたように肩を落とす。ただどんなに文句を言っても、けっきょく貴海を見放さない懐《ふところ》の広さに、美空は心の中で手を合わせた。

「中二の時、学祭のクラスの出し物で、七不思議をモチーフにしたお化け屋敷をしたんだよ」

唐突に赤星は話し出した。

「でもオレと青江と黄曽は参加しなかった。というか、できなかったんだよな。ここぞとばかりに女子たちが安住をちやほやして、特別扱いしてさ。それが面白くなくて突っかかったら、邪魔者は参加するなってクラスから締め出されて」

「あの時は、さすがにヘコんだよな。クラス全員が敵って感じで」

赤星に追随し、青江が口を開く。黄曽も頷いた。

「そうそ。当日は三人悲しく屋上で、空見上げていたもんな」

二人の言葉を受け、赤星は続ける。

「中学卒業しても、大人になっても、ずっとその時の想いが心に残っててさ。ふとした瞬間に思い出して、不完全燃焼っていうか、どでかい忘れ物を残してあるような、そんな気分になるんだよ。でも過去に戻れるわけじゃないし、今更どうしようもない。いつか全部が時効になるまで、諦《あきら》めて待つしかない。そんなふうに思ってた時に、安住が便利屋を始めたって話を聞いたんだ」

「ちなみに情報源はオレな」

へへっと笑い、黄曽が手を上げる。

「オレさ、今美容師やってんの。んで常連客の中に、晴安寺の檀家のマダムがいてさ。オレが安住の同級生って知らずに、すげー熱心に便利屋の宣伝してくるんだよ。収益を上げるために、何かあったら依頼して欲しいって。相変わらず安住、女にモテモテだよな」

知られざる檀家の貴海ファンの宣伝活動に、美空は顔を引きつらせた。ありがたいような、迷惑のような、微妙な話だ。

「黄曽の話を聞いて、チャンスだと思った。あの時の想いと後悔を、今なら消化できる。もう諦めていた忘れ物を、取り返しに行けるんだって」

そこで一息つき、赤星は青江と黄曽に目をやった。

「それで三人で計画練って、実行に移したってのに。最後の最後でお前ら二人、なんでネタばらしした上に、安住側についてんだよ」

「あーそれはだな」

気まずそうに青江が答えた。

「中庭から校舎に移動したところで、運悪く陸箕《むつみ》に遭遇しちまって。三秒で取り押さえられて、五秒で口割らされた」

「お前、耐久性なさすぎるだろ」

赤星が呆れた顔をすると、青江は不服そうに眉を寄せた。

「いやいや。深夜の学校で、怒《いか》れる大魔神に遭遇してみろよ。半端じゃねえ怖さだぞ？」

人を恐怖のどん底に陥《おとしい》れた偽金次郎が何を言う。美空は冷たい目で青江を見た。

「その後、黄曽も連行されて、強制終了かと思いきや、安住が続行するって言い出して。しかもどう見ても、オレらより完全にノリノリでよ。『信号トリオの情熱と、着ぐるみ代等の諸経費を無駄にできない』って力説して、陸箕の制止も振り切っちまうし」

「……あの、ちょっといいですか？」

徐々に理解し始めた話の内容に、美空は口を挟んだ。

「つまり今日起きた怪現象は、信号トリオの皆さんの手によるものってことですよね？『歩く二宮金次郎像』は青江さん、『真夜中に鳴るピアノ』は黄曽さん。じゃあ『開かずのドア』は？」

美空の問いかけに、青江と黄曽はそっと視線をそらした。仁が大きく溜息をつき、赤星は苦笑いをする。ゆっくりと美空は、黙ったままの貴海に目をやった。そこで貴海が背中に柄《え》の長い箒《ほうき》を隠していることに気づく。

「どう見ても兄さんの仕業《しわざ》じゃないっ！」

怒りのあまり、美空は思い切り怒鳴った。

「それでドアにつっかえ棒してたんでしょ？　しかもあの電話！　何かあったのかって、すごく心配したのに！　もうやだ、本当に信じられない！」

「まあまあ、こういうことは全力でやらないと、楽しみが半減するものなんだよ」

悪びれることなく、貴海はぽんぽんと美空の頭を叩く。

「それに赤星と美空以外に、飛び入りゲストがいたみたいだからさ。ちょっと張り切ってみたんだよね」

美空ははっとした。恐怖と状況理解のため、完全に阿久津少年の存在を忘れていた。

「阿久津くん、大丈夫？」

　慌てて教室を覗《のぞ》くと、阿久津は一番前の机に腰かけ、足をぶらつかせていた。その顔には恐怖ではなく、冷《さ》めた感じが見える。

「ごめんね。大人の悪ふざけに巻き込んじゃって、怖かったよね？」

「別に。最初はビビったけど、あんた見てたら、なんか逆に落ちついた」

　淡々と答えられ、美空は密かに落ち込んだ。小学生に引かれるほど、狼狽《うろた》えていた自分が恥ずかしい。

「どうせオレ、もう帰るし」

　そう言って、阿久津は机から飛び降りる。

「これ以上、ここにいる意味ないから」

　ぽつりと言い残し、阿久津は教室から出て、そのまま立ち去ろうとする。だが赤星が手を伸ばし、行く手を遮《さえぎ》った。

「ちょい待ち、忘れ物はいいのか？」

　赤星の問いに、阿久津は顔をしかめる。彼の取り戻せる忘れ物がないことは、もう明らかだ。

「そっか。お前の場合は忘れ物っていうより、捜し物だもんな」

　返事がない阿久津に対し、赤星は軽く笑う。

「じゃあ帰宅前に、先生からの質問だ。阿久津はさ、さっきのオレらの名乗り口上、どう思った？」

「どうって……」

視線をそらし、阿久津はぼそっと答える。

「だせえ」

「マジか！　あれ考えついた時、オレら天才かと思ってスゲー盛り上がったのにな」

赤星の言葉に、青江と黄曽が同時に頷く。どうやら彼らのノリは、小学生にも呆れられるものらしい。

「じゃああの名乗り口上、なんで始めたかわかるか？」

少し考えてから、阿久津は生真面目に口を開いた。

「目立ちたかった、から？」

「惜しいな。正解は、そうしないと誰も、オレたちの名前なんて覚えないと思ったからだ」

阿久津は意外そうに赤星を見上げる。美空としても、同じ気分だ。

「半分は楽しみつつ、半分は必死だった。さっき言っただろ？　学校やクラスっていう限られた舞台じゃ、全員が主役になれるわけじゃない。学力に運動神経、見た目に人気。そういうもんで優劣がついちまう以上、皆から注目されるやつがいる反面、どうしたって目立ない脇役みたいになっちまうやつもいる。でもオレはなんとしても、そこで一目置《いちもく》かれる主要キャラになりたかった。そのために、けっこうがんばったんだぜ？　ただ結果としては、悲しいことに雑魚キャラ止まり。まあダサい口上のおかげで、名無しのモブは回避できたけどな」

　モブという言葉に、びくりと阿久津が肩を震わせる。それを見て、美空は赤星の思惑に気がついた。赤星は先の名乗り口上を美空より、きっと阿久津に聞かせたかったのだ。順風満帆ではない学生生活を送った先輩として、彼の心に寄り添い、勇気づけるために。

「オレの価値と立ち位置はこの程度だって、絶対的評価を突き付けられた気分だった。正直、これ以上あがくのも惨《みじ》めだし、身の丈《たけ》にあった生き方をする方が無難で楽だと思ったくらいだ。でも高二の時、ガラにもなく教師になるっていう夢ができた。それにがむしゃらに努力しているうちに、他人の評価も自分のポジションも、どうでもよくなったんだ。だって大切なのは、オレの夢が叶うかどうかだろ？　周りなんて気にしている余裕はないし、オレはただ自分が決めた道を、目標に向かって突き進むだけだったからさ」

　真っすぐに前を見据え、赤星は言う。

「もちろん教師になるまでに、挫折も失敗も腐るほどした。第一志望の大学に入れなかったり、教育実習中に生徒が全く懐《なつ》いてくれなかったり。ちなみに一番ショックだったのは、大学で初めてできた念願の彼女に『思ったより真面目でつまらない』って理由でフラれたことだ。あの時はガチでヘコんで、立ち直れねーかと思った。まあそこの二人のおかげで、見事に復活したけどな」

「感謝しろよ」

「持つべきものは、素晴らしき友人たちだ」

口々に勝手なことを言い、青江と黄曽はVサインを作る。赤星は苦笑して、再び阿久津に目をやった。

「念願の教師になってからも、毎日ただ必死だった。新しいこと、やるべきこと、やりたいことが山積みでさ。でも徐々に仕事に慣れてきて、少しずつ余裕もできて、最近になってやっと思えるようになったんだ。他人から見れば、ベタで退屈なストーリーかもしれない。でも間違いなくオレは、オレの人生の主役、赤星圭人なんだって」

軽い口調とは裏腹に、その言葉には不思議な重みがあった。赤星の挫折や経験に、裏づけされているからだろう。

「だから阿久津、自分はモブだなんて諦めてんじゃねーよ」

赤星は伸ばした手を、阿久津の頭に置いた。

「お前、まだまだこっからだろ？　誰かが用意した既存の舞台で、与えられた役を演じようとするな。夢でもダチでも、好きな子でも家族でも、趣味でも思想でも何でもいい。お前だけの武器と宝を見つけて、自分で創造した道を歩いてみろよ。そうすればきっと、いつか思える時が来る。道の途中か、ゴールした時かはわかんねーけど、ちゃんとお前も、阿久津透の人生っていうオリジナルストーリーの主役だってな」

ぽんと軽く頭を叩き、赤星は手を離す。阿久津は何かを考えるように、黙ってうつむいたままだ。するとふいに、ぐすっと洟をすする音が聞こえた。

「……赤星クンが、スゲー先生みてーなこと言ってる」

誰かと思えば、黄曽が目頭を押さえ、肩を震わせている。

「やべーよ、青江。オレ、感動して泣きそう」

「安心しろ。オレはもう、心の中で大号泣だ」

黄曽の肩を叩き、青江は目元を拭った。

「女にフラれて、自棄《やけ》になって、『オレもう教師になんかならねえ！　遊び人になってやる！』とか言ってたのに……立派になったよな……」

青江の暴露に、赤星は瞬時に顔を紅くした。

「うるっせえっ！　昔のことバラしてんじゃねえよ！」

「ぎゃははは っ」

赤星が怒鳴ると、青江と黄曽は一斉に大爆笑した。清々《すがすが》しいほどわかりやすい嘘泣きに、美空は顔を引きつらせる。

（赤星さん、かなり良いこと言ってたのに……）

ぎゃんぎゃんと言い争う姿は、完全に悪ガキ三人組だ。美空と同じ想いだったのか、黙って事を見守っていた仁が嘆息した。

「なんで最後の最後で、自ら落とすんだろうな」

「それはほら、『一日一笑』が信号トリオのモットーだからじゃない?」

三人に代わって答える貴海は、意外に彼らの理解者なのかもしれない。よく考えてみれば、ノリと精神構造も似ている気がして、美空は疲労感を覚えた。

「阿久津くん」

そこで一人、置き去りにされている阿久津に貴海が声をかけた。

「きみの話、聞くつもりはなかったんだけど、『開かずのドア』のスタンバイ中に偶然聞こえちゃったんだよね。六年間、何もなかったんだって?」

問いかけられた阿久津は、たじろいだ表情を浮かべる。質問相手の貴海と質問内容、両者に困惑しているようだ。

「今でもまだ、そう思ってる?」

阿久津は何も答えない。貴海は穏やかに告げた。

「僕は阿久津くんの六年間が、どんなものかは知らない。でも赤星みたいな先生に出逢えたんだから、何もなかったわけじゃないと思うよ。真の善知識は実に遇《あ》い難《がた》し。優れた指導者との出逢いは、とても貴重なことだからね」

　貴海の言葉を受け、信号トリオは全員、あんぐりと口を開けた。まるでコントのような反応の後、三人は顔を見合わせ、頭を突き合わせる。

「赤星クン、優れた指導者とか言われてんじゃん。ベタ褒めですよ？」

「いや、あれは上げてから、落とすパターンとみた」

「やべーよ。オレ今、スゲー調子に乗りそうなんだけど」

　各々に語り出す三人を見て、阿久津の口元がわずかに緩《ゆる》む。その横顔を見て、貴海は柔らかく微笑んだ。

「其《そ》の智に及ぶべきも、其の愚《ぐ》には及ぶべからず。あれこれ考えて賢く振る舞うより、何も考えずにバカをやる方が、実は難しかったりするんだよ。特に大人になってからはね」

　貴海の言葉を受け、しばらくすると阿久津は重い口を開いた。

「……確かに勤務先の学校で肝試しする教師とか、ありえないって思うよ」

　赤星の視線が阿久津に向く。少しそっぽを向き、阿久津は言った。

「でも本当は……嬉しかった」

　顔をそらしたままで、阿久津は続ける。

「担任じゃないのに、名前を覚えていてくれたこと。無理に家に帰さないでくれたこと。メッセージがないのに気づいてくれたこと。カッコ悪い話聞かせてくれたこと。それから無関係なオレをモブ扱いせず、最後までこの場所にいさせてくれたこと」

一度言葉を切り、阿久津は赤星に向き合った。真一文字に結ばれた唇が、やがて開く。

「そして六年間何もなかったオレに、今日一日で忘れられない思い出をくれたこと。普通ならありえないのに、全部してくれた。だから……ありがとう、先生」

ぎこちなく阿久津は頭を下げる。赤星は一瞬目を見張ったが、すぐに軽やかに笑った。

「気にすんな。一日一笑。笑ってこーぜ」

赤星の笑顔につられてか、阿久津は小さく笑う。すると赤星の背を、青江と黄曽が同時に叩いた。

「良かったな。安住に褒められて、生徒に感謝されて」

「マドンナ先生に毎日冷たくあしらわれても、地道に教師続けてきたかいがあったよな」

「くそっ！　いい感じでしめようと思ったのに、またかよ！」

「ぎゃはははは っ」

頭を抱える赤星の背を、青江と黄曽は笑いながらバンバンと叩く。阿久津は堪えきれなくなったのか、本格的に笑い出した。まるで鉄板ネタのような三人のやりとりに、美空も思わず笑ってしまう。

「相変わらず、無駄にテンション高いよな」

壁に寄りかかり、呆れたように仁が苦笑する。隣で貴海は楽しそうに笑った。

「相変わらず面白いよね、信号トリオ」

その横顔を目に、ふと思いついたことを、美空は口にした。

「もしかして兄さん、赤星さんたちと仲良くなりたくて、今回の依頼を引き受けたの？」

貴海はぱちりと瞬きをした。そしてすぐにあどけなく破顔する。

「だから言っただろ？　学園祭の、延長戦だって」

返ってきた答えは肯定でも、否定でもない。

「結果的に、引き分けって感じかなあ」

だが貴海の表情を見れば、答えは明らかだ。夜明けを待つ校舎に、笑い声が響き渡る。

今日も楽しい一日だったと、それぞれの胸に思い出を刻んで。

6

翌日、美空は昼過ぎに起床した。

赤星の小学校を出て、帰宅したのは明け方だった。それからベッドに倒れ込み、意識を失うように眠りにつき、目覚めて現在に至る。

（なんか全部、夢だったみたい）

もそもそとベッドから起き出し、美空は自室のカーテンを開ける。すると目に入った透明な日差しに刺激され、瞬時に昨夜の記憶が甦った。

『今回はいろいろと、ありがとな』

別れ際、阿久津を青江と黄曽に任せ、赤星は美空に礼を言いに来た。

『本当はオレ、久しぶりに会う安住にどう接したらいいかわからなくて、スゲー緊張してたんだよ』

周りをうかがい、赤星は秘密を打ち明けるように、美空の耳元でささやく。

『でも美空ちゃんと一緒にいる安住を見てたら、あいつの素っていうか、本質みたいなもんがわかってきてさ。見た目はキラキラ王子なのに、中身はマイペな自由人で、オレらと変わらねーと思ったら、一気に気が楽になった』

当の貴海は眠いだのお腹が空いただの、仁に我が儘を言っている。相変わらずの二人に苦笑して、赤星は続けた。

『あいつが遠慮なしに好き勝手なことをするのは、相手を信頼しているからだよ』

そう言った赤星は、教師の顔をしていた。

『だから自信持ちな、お兄ちゃん子』

だがすぐに、いたずら好きの子供のような笑みを浮かべる。

『最初に逢った時はあいつに全然似てなくて、正直すごく驚いたけど』

そして最後はただの友人の顔で、赤星は告げた。

『美空ちゃんが安住の妹で良かったって、今は心から思ってる』

窓を開ければ、春の風が頬を撫でる。一度目を閉じ、美空は大きく深呼吸をした。吸い込んだ空気が全身を巡り、生まれ変わるような心地だ。

「よし！」

目を開けて、美空は気合いを入れる。一日一笑。楽しみの種を蒔《ま》き、今日も笑顔の花を咲かせよう。

*

土曜日でも、やるべき仕事はある。職員室の自分の席で、片づけるべき書類に目を通しつつ、赤星はあくびを嚙み殺した。

(徹夜明けは、やっぱきついな)

昨夜、阿久津を家に送り届けた後、その場の勢いで青江と黄曽を誘い、宅飲みしたのだから仕方がない。ちなみにバス運転手の青江と美容師の黄曽は、シフトの関係で今日の仕事は休みらしい。赤星の自宅マンションにもかかわらず、学校へ行くと告げると、二人は今から寝ると言って床に倒れ込んでいた。きっと今頃空腹に耐えかねて目を覚まし、勝手に冷蔵庫をあさり、何もないことに絶望し、どちらがコンビニに買い出しにいくかで揉《も》めていたりするのだろう。

(……笑える)

「なんもねーのかよ！」と叫ぶ二人を想像し、赤星は口元を押さえた。遠慮も気遣いも必要ない間柄だからこそ、時に甘えは厳禁だ。

「赤星先生」

ふいにかけられた声に、赤星は表情を引き締め、ピシリと背筋を伸ばした。視線を移した先に立っているのは、マドンナ先生こと愛原望《あいはらのぞみ》だ。

「六年生の教室、片づけておいて下さい。教頭先生からの伝言です」

「あ、はい。わかりました」

イスから立ち上がり、赤星は頷く。そしてダメもとで手を差し出した。

「じゃあその、愛原先生もご一緒に」

「私は自分の仕事がありますので」

笑顔で誘ってみるも、ぴしゃりと言い切られる。どうやら最後の思い出作りも、失敗に終わったようだ。

「それでは、行ってまいります」

心の中で涙し、二つ年上の愛原に頭を下げる。すごすごと職員室を後にしようとした赤星だったが、ドアをくぐる直前に、愛原が声を出した。

「赤星先生」

即座に赤星は振り返る。愛原は淡々と告げた。

「せめて寝ぐせは直してから、登校して下さい」

それだけ言うと、愛原は自分の席に戻ってしまう。悪友二人の大爆笑が聞こえるようで、赤星は肩を落とし、職員室を出た。これは寝ぐせではなく、オシャレです。伝えられない言葉を胸の内に、そっとしまったまま。

廊下を歩き、六年の教室へと向かう。窓の外からは時折、クラブ活動の生徒たちの声が聞こえてくる。明るく、そして穏やかに流れる時間。昨夜、ここで起きた一連の出来事が、まるで夢だったようにさえ思える。

（でも、夢じゃねーし）

ポケットに入れた携帯に、新たに登録された連絡先。長い間仲違いしていた相手と気持ちが通じ合ったような、ずっと片思いしていた相手に振り向いてもらったような、どこか誇らしくて、妙に恥ずかしい気分だ。

『今日は楽しかったよ』

帰り際、仁に引きずられた貴海は笑顔で告げた。

『またね、赤星』

その時、やはり貴海は特別な人間なのだと思ってしまった。ひどく単純な一言で、今までの過去は全て、未来への糧《かて》だったと納得させてしまうのだから。

やがて辿りついた最上階。ふと思い立ち、赤星は一組を通り過ぎ、二組の教室へと足を踏み入れた。そこには昨夜と変わらない光景が広がっている。卒業生が各々のメッセージを記した黒板。それを前に、赤星は小さく笑った。

（これを消すのは、ちょっと忍びないっつーか）

どうしたものかと、なんとなく視線を転じる。すると昨日はなかったはずのものが、唐突に目に飛び込んできた。教室の後ろにある小さな黒板。そこに記された短いメッセージ。

『一日一笑！　阿久津透』

赤星は目を見開いた。思い返せば昨夜、ほんのわずかだが阿久津の姿が見えなくなった時があった。だがすぐに現れたので、特に気にしてはいなかった。まさかあの短時間で、彼が自らの忘れ物にカタをつける可能性など、考えてもみなかった。

引っ張られるように足が出て、阿久津のメッセージ前へと進む。慌てて書いたのか、ひどく乱雑な字だ。でも良い字だと思った。力強くて、前向きで。何よりも、楽しそうで。

「がんばれよ、阿久津透」

自然とエールが零れ落ちる。聞こえない返事の代わりに思い出したのは、昨夜の阿久津のぎこちない言葉だ。

『ありがとう、先生』

それは最強の鼓舞で、最高の賛辞。阿久津のメッセージに触れ、赤星は笑った。

「オレこそ、ありがとな」

中学時代の自分に、今なら胸を張って言える。これだから人生は、どうしようもなく楽しいのだと。

＊

美空が二階の自室から一階に下りると、居間に貴海の姿はなかった。まだ寝ているのかと思いきや、意外にも貴海は境内に出て、桜の木を見上げていた。

「もうそろそろ、咲きそうだなあ」

美空が隣に並ぶと、貴海は目を細める。視線の先にあるのは、膨らみかけた蕾《つぼみ》だ。

「決めた。今年はここで、花見をしよう」

「え？」

突然の提案に、美空は目を丸くした。

「花見って、桜の木一本だけなのに？」

「一本でも桜は桜。問題ないよ」

貴海は楽しそうに顔を綻《ほころ》ばせる。こうなるともう、兄を止める術《すべ》はない。

「でも兄さんの場合、花より団子じゃないの？」

「まあね。だから大智にはがんばってもらうよ。腕の見せ所だろ？」

完全に花見弁当を作らせる気だ。もちろん貴海に頼まれれば、大智が断るはずはないのだが。

「それにせっかくだから、いろいろと人を呼ぼうかと思ってさ。まず信号トリオの前座で盛り上げて、メインは歩《あゆむ》くんと倫瑠《みちる》ちゃんの新曲披露。仕切りは仁に任せて、氷上《ひかみ》さんをアシスタントにつけるとして、菊地《きくち》くんのサプライズ一発芸をどこで入れるかが難しいな」

「もうそれ、完全に宴会じゃない……」

「うん、盛り上がること間違いなし。都乃《みやの》さんには、美空が声をかけるだろ?」

美空は頷いた。ここまできたらもう、割り切って楽しんだ方が勝ちだ。

「律《りつ》さん、誘ったら来てくれるかな」

そこで思いついたことを口にしてみる。貴海は満足げに微笑んだ。

「来てくれるよ。そうなると律さん御用達、葵屋《あおいや》の桜餅が食べられそうだなあ」

やはり花より団子か。食い気全開の貴海に、美空は肩を落とす。

(でも、楽しみかも)

満開の桜の下《もと》、気心知れた人たちと、同じ時を過ごす。考えてみればとても贅沢で、幸せな時間だ。

「じゃあ美空、トリは任せるからよろしくね」

「……は?」

当然のように告げられ、美空は啞然とした。貴海はにこりと笑う。

「回し蹴りの実演でも、自虐ネタでも何でもいいよ。ただ最後のしめだから、笑えるのがいいかなあ」

「ちょっと待って。私にもその、宴会芸を披露しろと？」

「もちろん」

こくりと頷いた後、貴海は美空の顔を覗き込んだ。

「花見の主催者は僕で、美空は僕の妹だろ？」

うぐっと美空は言葉に詰まる。絶対に認めたくはないが、貴海の使う「僕の妹」は最大の攻撃力を誇る無敵の殺し文句だ。

「なんで兄さんが主催者だと、妹の私が出張らなきゃならないのよ」

悔《くや》し紛《まぎ》れにそっぽを向くと、貴海は笑いを漏らした。

「さあ、なんでだろうね」

ぽんと軽く美空の頭を叩き、貴海は踵を返す。温もりの残る髪を押さえ、美空は頰を膨らませた。腹立たしいような、照れ臭いような、浮足立つような、複雑な気分だ。

そこで美空は両足を踏みしめ、大きく息を吸った。

「宴会芸で、絶対にぎゃふんと言わせてやるから！」

背中に向かって力強く宣言する。振り向いた貴海は、おかしそうに笑った。

「期待してるよ、美空」

そのまま足を止めることなく、貴海は歩みを進める。置いていかれてたまるかと、美空は駆け足で兄の後を追った。

本書は、書き下ろしです。

晴《せい》安《あん》寺《じ》流《りゆう》便《べん》利《り》屋《や》帳《ちよう》

天上天下《てんじようてんげ》、兄《あに》は独尊《どくそん》!の巻《まき》

真中《まなか》 みずほ

2018年1月5日初版発行

発行者……………長谷川 均
発行所……………株式会社ポプラ社
〒160-8565 東京都新宿区大京町22-1
電話……………03-3357-2212(営業)
03-3357-2305(編集)
振替……………00140-3-149271
フォーマットデザイン 荻窪裕司(bee's knees)
組版・校閲 株式会社鷗来堂
印刷・製本 凸版印刷株式会社

乱丁・落丁本は送料小社負担でお取り替えいたします。
小社製作部宛にご連絡ください。
製作部電話番号 0120-666-553
受付時間は、月～金曜日、9時～17時です(祝祭日は除く)。

ポプラ文庫ピュアフル

ホームページ www.poplar.co.jp

N.D.C.913/284p/15cm
ISBN978-4-591-15708-4

スーパーイケメン兄と地味で苦労性の妹の
諸行無常な賑やか便利屋ライフ

真中みずほ
『晴安寺流便利屋帳　安住兄妹《きょうだい》は日々是戦い！の巻』

装画：芝生かや

某地方都市の平凡なお寺・晴安寺に兄妹あり。兄の安住貴海は近所の子どもから檀家のマダムたちにまで絶大な人気を誇るスーパーイケメン好青年。妹の美空は兄のために苦労が絶えない地味で普通な女子高生。母の死後、住職の父は家出、寺に残された兄妹は生活のために便利屋業を始めた。氷のような秀才美女、けなげな理由アリ小学生などの依頼に、のらりくらりと対応する兄とやきもきする妹の賑やかな日々…。シリーズ第一弾！

引っ越し先は地下にどんどん深くなるアパート!?
大学生カズハの、奇想天外で前途多難な新生活!

蒼月海里
『地底アパート入居者募集中!』

装画：serori

ネットゲームばかりしているために家から追い出された大学生、葛城一葉。妹が手配してくれた賃貸アパート「馬鐘荘」に赴くと、そこには平屋建ての雑貨店が。なんと、一葉の部屋は、地下二階。そこは住む人の業によってどんどん深くなる異次元地底アパートだった。大家は怪しい自称悪魔、隣人はイケメンアンドロイドと女装男子。一葉の新生活はいったいどうなる?

笑いと感動の、奇想天外ほのぼのコメディストーリー!